Ademir Assunção

A Máquina Peluda

Ademir Assunção

A Máquina Peluda

Apresentação
Boris Schnaiderman

Æ
Ateliê Editorial

ISBN: 85-85851-34-1

Editor: Plinio Martins Filho

ATELIÊ EDITORIAL
Alameda Cassaquera, 982
09560-101 – São Caetano do Sul – SP – Brasil
Telefax: (011) 442-3896
1997

Terei vivido a minha vida
ou tudo não passou de um sonho?

Jorge Luis Borges

Sumário

Apresentação

Já se escreveram páginas e mais páginas sobre a impossibilidade de narrar no mundo de hoje. E ao mesmo tempo, a necessidade de narrar é própria do homem; sem narrativa não existe aprendizagem, não existe história. E as novelas de televisão estão aí para afirmar a importância que o narrar adquire na vida das pessoas. A partir disso, há quem afirme: sim, o narrar passou para a televisão, o cinema, mas em literatura, em poesia, ele perdeu qualquer sentido.

A verdade é que estamos vivendo há muitos anos uma crise dos modos de narrar, não da narrativa. Paralelamente, existe a outra crise, a suscitada pelas grandes catástrofes do século, quando a voz emudece de horror ante a iniqüidade humana que o próprio homem não consegue entender e, muito menos, passar o conhecimento adiante. Então, a história teria por "tarefa paradoxal a transmissão daquilo que não pode ser contado", e que, ao mesmo tempo, é necessário transmitir, como um imperativo ético, conforme expressou Jeanne-Marie Gagnebin em seu admirável História e Narração em Walter Benjamin (São Paulo, Perspectiva, 1994).

Mas, a par dessa circunstância trágica da condição humana e que imprime sua marca forte nas narrativas deste século, existe o fato de que a literatura, a poesia, estão em contato íntimo com os outros meios de expressão, e isso se revela em tudo o que se faz de avançado nesse terreno.

É o que não podemos deixar de constatar nos textos muitas vezes surpreendente de A Máquina Peluda. *O léxico, o ritmo das frases, a disposição das cenas, tudo está marcado por essa concorrência dos meios mais diversos, desde a holografia até a terminologia específica da computação. E como o nosso português do Brasil se dá bem com essas misturas! Nada de sisudez, nada de exclusivismo, de concentração na linguagem que se convencionou subordinar ao que chamaram de "norma culta". Temos o chafurdar na lama e o vôo para as galáxias.*

Galáxias do universo, galáxias de Haroldo de Campos, toques leminskianos e dicção de Guima-

rães Rosa, o videoclipe e a aparente algaravia que nos dão muitas vezes as tecnologias de ponta — algo que ainda está para ser incorporado à nossa linguagem corrente, mas já aparece neste livro estranho e perturbador. Entreguemo-nos, pois, ao envolvente dessa mescla de tudo o que há de mais recente, e ao qual um toque de linguagem arcaica, também muito presente no livro (ao diabo a seqüência temporal!), imprime especial encanto.

BORIS SCHNAIDERMAN

CARTAS DO ESCRIBA AO REI

Senhor:

Posto que o sol se põe como um ovo na baía de tantos santos, eu mesmo me pergunto há dias: quem se pôs primeiro, o ovo ou o sol? Nem tão bem também nem mal as naus do Império singraram mares sob sóis de derreter miolos e mesmo à sombra vossos melhores grumetes chiavam estonteados feito fossem omeletes na frigideira. Tome Vossa Alteza, portanto, meus apontamentos com cândida benevolência já que as jaqueiras desta vossa terra nova e santa abrigam animais cujos olhos lusos, garanto, jamais viram iguais, nem em sacrotantas guerras ancestrais. Sobretudo, não se irrite, imploro, Vossa Alteza, com esta minha linguagem que muitas vezes parece perder o nexo do circunflexo. Dos motivos dessa maluquice darei fé e ciência na esperança de que os de além-mar possam ao menos em parte compreender.

Desde o dia 22 de abril deste ano que corre aos 1500, quando houvemos vista de terra, a qual o capitão-mor fez por bem chamar Terra da Vera Cruz, um admirável mundo novo desabrochou diante de nossas retinas incrédulas. Assim que lançamos âncoras em frente à boca de um rio avistamos homens que andavam pela praia, obra de sete ou oito. Eram de tez avermelhada, todos nus, sem coisa alguma que lhes cobrisse suas vergonhas. Lançamos fora os batéis e esquifes e o capitão-mor ordenou então que Nicolau Coelho remasse até a praia. Ao pisar terra firme o bravo Nicolau foi logo cercado por esses homens que balançavam livremente suas vergonhas ao vento e traziam arcos e setas nas mãos, embora por demais indóceis não parecessem. À distância de onde ancorados estávamos, pudemos ver quando os selvagens levaram Nicolau e seus grumetes até uma moita mui espessa e verdejante e ali permaneceram por alguns minutos.

Sol quase posto, Nicolau retornou à nau e, para nossa surpresa, apresentava um comportamento mui estranho. Tinha os olhos vermelhos da cor de pimenta brava, ria-se de tudo e de todos, dizia uma linguagem que nos soava um tanto sem lógica. Por mais que exigíssemos um detalhado relato do que houvera em terra firme, Nicolau apenas se esborrachava em escandalosas gargalhadas que jamais houvera eu ou qualquer outro tripulante das naves reais observado em seu comportamento. O capitão-mor achou por bem mantê-lo sob atenta vigilância.

Dia seguinte, porém, Sancho de Tovar, Simão de Miranda, Aires Correia, Afonso Soares e este vosso humilde escriba haveriam de descobrir o que houvera acontecido na véspera. Por ordem do capitão-mor, lançamos batéis e esquifes ao mar e zarpamos até terra firme. Pés postos na macia areia das novas terras, avistamos numeroso grupo de homens e mulheres, por obra de uns 300. Assim como os homens, as mulheres ali andavam completamente nuas, com cabelos mui pretos e compridos pelas espáduas, e suas vergonhas tão altas, tão cerradinhas e tão limpas das cabeleiras que, de as muito bem olharmos, não tínhamos vergonha alguma. E certo eram essas moçoilas tão bem feitas e tão redondas, de nádegas firmes e tostadas de sol, e suas vergonhas (que elas não tinham) tão graciosas, que a muitas mulheres da nossa terra, vendo-lhes tais feições, fizera vergonha, por não terem a sua como elas.

Gentis e sem entenderem lhufas de nossa língua, os homens se acercaram de nós e através de sinais nos indicaram uma moita. Confesso que segui até lá com uma sombra de apreensão no peito. Um deles, com um pedaço de osso espetado nos beiços furados, enrolou uma espécie de erva mui aromática em uma lâmina de palha de milho, fazendo um cigarro bem comprido, o qual nos ofereceu a todos fumar. Nós mesmos compreendemos então o estranho comportamento anterior de Nicolau Coelho. Tudo nos fazia rir até quase estourar. Sob os efeitos da fumaça dessa erva senti uma realidade estranha se descortinar nos quatro cantos do meu cérebro, de norte a sul e de leste a oeste. Tinha a nítida impressão de que meus pensamentos se deslocavam do presente para o passado, do passado para o futuro e do futuro para lugar nenhum.

Antes que a tarde caísse em tombo nos alegres tombadilhos desta terra, voltamos todos à nau levando conosco um grupo de sete homens e vinte mulheres dos desta espécie de gente. Há que saber Vossa Alteza que a tal erva existe em abundância neste novo mundo, pois assim que subimos ao convés, dezenas de cigarros foram enrolados em palha de milho pelos gentis selvagens e oferecidos a toda a tripulação. De tal sorte que, ao cabo de uma hora, toda a nau caiu em festa, exceto frei Henrique que estava a postos a rezar o pão nosso de cada dia.

Diogo Dias, almoxarife que foi de Sacavém, que é homem gracioso e de prazer, mandou chamar um gaiteiro e ordenou que tocasse sua gaita. Formou-se um grande círculo no convés, todos se deram as mãos e dançaram e folgaram e riram muito ao som da gaita. O capitão-mor mandou que servissem vinho em abundância e tocassem os tambores e flautins. Quando nos demos conta, toda a tripulação balançava suas vergonhas ao ritmo alegre da música, completamente nus estávamos e não sentíamos vergonha alguma. Tanto os homens quanto as mulheres nos abraçavam e folgavam e riam, ajudando-nos a despir os barretes, carapuças de linho e sombreiros que trazíamos à cabeça. A refestança entrou noite alta adentro e mais detalhes não relato, com o perdão de Vossa Alteza, simplesmente porque não lembro.

Sol posto a quase meio-dia d'outro dia, frei Henrique decidiu por bem celebrar uma missa. Por ordem do capitão-mor, fizeram dois carpinteiros uma grande Cruz, dum pau que para isso se cortou. Chantada a Cruz, com as armas e a divisa de Vossa Alteza, que primeiramente lhe pregaram, armaram altar ao pé dela. Ali disse missa o Padre Frei Henrique, a qual foi observada com profunda curiosidade por um numeroso grupo por obra de uns 400 homens e mulheres dos desta nova terra. Acabada a pregação, contudo, novos cigarros da tal erva aromática e misteriosa começaram a circular em praia aberta. Das entranhas das florestas chegaram mais homens e mulheres batendo tambores, agogôs e reco-recos. O capitão-mor ordenou buscassem os grumetes nossas gaitas e flautins nas naus e nova festa apoteótica teve início aos pés da Cruz, sob os protestos de frei Henrique. Um grande carro alegórico foi erguido em pouco tempo pelos desta terra e sobre ele instalada a Cruz com os brasões de Vossa Alteza. Mulheres com suas vergonhas bem saradinhas treparam na Cruz e dançaram e folgaram com alegria e vigor pouco vistos nos festins de além-mar.

Com grande pesar devo informar a Vossa Alteza o ocorrido em seguida, o qual só conta nos demos noutro dia. Frei Henrique desgostou da festa e protestou contra as mulheres com suas vergonhas trepadas na Cruz. Alguns homens tentaram afagá-lo e trazê-lo à alegria da comemoração, aos quais frei Henrique respondeu com gestos ríspidos e cara de birra. Uma fogueira foi acesa então, sem que para isso a festa se interrompesse. Acharam por bem os selvagens assar frei Henrique e todos nós banqueteamos aquela, confesso, Alteza, boa carne. Pode por demais parecer tal atitude bárbara aos olhos da Corte e, talvez, até merecedora de severos castigos, porém devo confessar que, sob o efeito da tal erva e embriagados em transe desbragado pelo rufar dos tambores e da catártica euforia, nos deu imenso prazer degustar vosso (e nosso) querido frei.

Mais não escrevo por sentir-me com muita preguiça e ainda um tanto de ressaca pelos dias seguidos de festa. O que posso por último relatar, é que os desta terra se afeiçoaram muito a nós e nós a eles, de tal forma que, provavelmente, poucos ou nenhum de vossos honrosos desbravadores de mares revoltosos hão de querer retornar à Corte, atitude que, imploramos, seja entendida não como um desagravo à Vossa Alteza e aos vossos, mas como uma irresistível atração por estas terras arredondadas e bem formadas, com picos e montanhas de tal envergadura que a nenhum de nós é possível deixar de nos fazer pernas bambas.

Pois desta maneira, Senhor, dou aqui a Vossa Alteza conta do que nesta terra vi e vivi. Temo somente que não seja de todo compreendido, pois, por mais que me esforce em transmitir com clareza minhas impressões, sinto que estou perdendo pé da antiga lógica que norteia vossos melhores escribas de além-mar. Contudo, é certo que, assim neste cargo que levo, faço o melhor que posso e por motivo este tomo a liberdade de pedir que, por me fazer graça especial, Vossa Alteza mande vir da ilha de São Tomé muitos manjares e guloseimas, pois a erva a que já nos estamos habituados nos dá a todos uma larica tamanha que sentimos vontade imensa de saborear doces de toda espécie.

Beijo as mãos de Vossa Alteza.

Deste Porto Seguro, da vossa Ilha da Vera Cruz, hoje, sei lá ao certo o dia desses meses que correm a 1500.

O Escriba.

Querido Rei:

Mui felizes e a postos com nossos mastros rijos e nossas vergonhas expostas estamos todos nestas novas terras de Vossa Alteza. Tomado em abraço pelo bicho preguiça – simpático animal que aqui deita e rola com vagareza maior que tartaruga – mas temendo perder meu tão honroso posto de escriba da história, ponho-me pois a relatar para os que aí estão os últimos acontecimentos por mim vistos e despidos. Perdoe-me mais uma vez, Vossa Alteza, se minhas palavras soarem por demais estranhas. Parece-me que tenho cada vez mais perdido o vinco do pé da lógica e enfiado o pé na jaca, que de ré só anda em mi bemol.

Como dizem os nativos desta Terra da Vera Cruz, passarinho que gorjeia periquito não encoxa. Por esta pode o Senhor Rei claramente perceber que eles são mui espirituosos e dados a brincadeiras com as palavras, hábito que pouco a pouco vai nos contaminando como uma gripe espanhola, a qual, dizem à boca pequena, nos ataca à noitinha com grandes lábios gulosos, deixando-nos em brasa e febre. Ainda não topei com tal espanhola mas posso garantir que dias atrás esses meus pobres olhos que a terra há de comer e beber viram uma revoada de torradeiras elétricas que se alevantaram por detrás das matas verdejantes de uma mulata estonteante. Pois saiba o Senhor Rei que as mulatas destas terras são mui vistosas e viçosas e boas pra dedéu. Os mulatos também. Todos com suas vergonhas balangando como balangandãs.

Ouvi noite adentro dentro e fora nativos cantando uma ladainha a qual por tema se refere não existir pecado ao sul do Equador. Não lembro exatamente onde fica o Equador mas presumo que o sul seja aqui pois o único especialista em pecados que por estas terras vicejava foi assado e comido por bom grado. Que Deus tenha em seus braços venturosos nosso pobre frei Henrique. Aliás, devo comunicar a Vossa Alteza que melhor seria manter o clero aí mesmo em além-mar, pois os nativos de Vera Cruz adoram carne de padres.

Com rapidez espantosa estamos compreendendo o idioma das gentes destes sítios mas, porquanto o contato com a língua deles seja mui prazeroso, consideráveis mudanças são causadas na nossa. Há palavras usadas pelos nativos que provocam intenso prazer ao roçar nossos ouvidos, tanto prazer que nos emprenha de vontades de jamais tirá-las de nossas próprias bocas. Por exemplo: xiririca. Eles adoram de dia ou de noite se banhar no remanso da xiririca. Homens e mulheres mergulham na xiririca com tanto fervor que chegam a gemer, urrar e contorcer o corpo todo, dos músculos das coxas aos ósculos dos xocas. Nós mesmos, exceto Sancho de Tovar, já não passamos um só dia sem esfalfarmo-nos na xiririca. Sancho de Tovar, embora aprecie esses deleites, tem preferência maior em apreciar com torpor e apetite voraz os vistosos furabuchos que por aqui abundam.

Não sei se estou perdendo o juízo ou se os tempos estão mudados mas ao cabo do efeito das ervas aromáticas que pitamos podemos viajar horas a fio anos à frente. Para que Vossa Alteza idéia fixa faça dessas alterações no nosso estado de dormência, uma tarde dessas caminhava pela praia quando encontrei René Descartes, um jovem filósofo que a terra ainda há de condenar, chupando longas baforadas do seu cigarro de palha de milho e repetindo como um papagaio com a agulha enroscada: “penso, logo desisto, minha cabeça pesa, eu não existo”.

Talvez eu escreva, nessas maltraçadas, palavras que a Corte desconheça pois eu mesmo já perdi a noção da época à qual pertenço. Aliás, tenho perdido muitas coisas desde que aqui cheguei. Perdi as roupas perdi vírgulas perdi pontos e sinto que ainda vou perder muitas outras coisas. Perdi a vergonha e perdi muitas pregas do cu, ainda que tal sinceridade core as faces da Corte. Desde já me apresso a pedir desculpas por expressões tão ásperas aos fanados ouvidos de Vossa Alteza, mas adianto que esses serão meus últimos pedidos de desculpas, pois não respondo mais por aquele Caminha que há meses ou anos ou sei lá quanto tempo deixou as tetas da Coroa singrando mares em busca das novas terras.

Minha gratidão ao Senhor Rei por ter me designado para tal empreitada, asseguro do mais profundo dos meus intestinos, será eterna enquanto dure e molhe, que de mole basta a Vossa Distinta Dama Maria Mole D'Alenquer. Não poderia imaginar que neste lado de cá dos mares bravios seria agraciado com tão gentis moçoilas e mancebos. Perto das formosas mulheres daqui, as daí, por perdão da palavra, não passam de sucatas, trubufus, jararacas. Não ouso intenção fazer de cuspir nas vergonhas que comi, mas tais adjetivos serão facilmente compreendidos no dia em que Vossa Alteza pisar polainas nestas terras da Vera Cruz.

Sabemos todos que Vossa Alteza ansia por notícias sobre ouro e prata, mas sinto desapontá-lo. Nem Bartolomeu Dias se importa mais com o assunto. Todos só pensam em furunfar dia e noite e em fumar seus cigarros de palha de milho. Vivemos em comunidade e em completa harmonia, dispondo dos gracejos a quem interessar possa no momento que bem prouver e segundo as vontades da hora, seja com menina-moça seja com moçoilo-homem — e o que mais podemos querer da vida? Dar duro para acompanhar a Nova Ordem Imperial? Bah! Veja pois, Senhor, que até mesmo o jovem mancebo degredado, criado de D. João Telo, a que chamam Afonso Ribeiro, rapaz mui vivo e esperto, por sinal, se deu mui bem nestas plagas e manda informar que ano que vem vai passar o carnaval no Rio de Janeiro.

Sendo verdade o que aqui escrevo e fiel à realidade que meus olhos vermelhos hão de ter enxergado, beijo as coxas de Vossa Alteza.

O Escriba

PS: Não esqueça das minhas guloseimas.

Amado e Desejado Rei

Por mais não tento, portanto escrevo. Não escrevo por escrever mas por meu régio dever de lavrar o lacre e escandir o bagre da historiografia, da colônia à coluna, passando ao largo do rebuço, rompendo marolas nas marocas das morochas, deitando âncora no rego das moçoilas. Creia, meu amado, deste lado do Atlântico grassa a araponga das gralhas e grossas são as mandiocas que os nativos cultivam com tamanho deleite no ventre da terramãe. De tal forma festejamos a descoberta destas novas vossas Terras Abençoadas que diante dos pontões das praias borbulhantes, dia sim, noite também, estendemos nossos varões ao sol, seja do frontispício, seja do versispício, pois para desfrutar prazeres carnais há que se saber virar a página. Não se surpreendam os da Corte se este Caminha se deita em caminhas mui diferentes daquelas tradicionais às quais os de além-mar acostumados estavam. Aqui viemos ao sabor dos mares, aqui falamos outros falares, aqui provamos todos os manjares. E quanto mais o sol tosta nossas carapetas e quanto mais a erva queima nossos neurônios e quanto mais papacus nos arranham as costas com picos de papagaio, mais as graves sentenças que fazem as leis da boa escritura às margens do Tejo se tornam labirintos tão faiscantes que de antemão melhor com o pé do que com o cão. Dos furabuchos viçosos me sirvo, à frente das singraduras me dispo, sem alindar nem afear das marinhagens conspícuas de pisco em risco, as quais podem muito bem entrar ou sair das ferraduras, de acordo com o bom costume da quinta a qual se pretenda penetrar. Em resumo em resumo vos digo, Alteza minha, à maneira de Staden: *asta aqua á ama laucarra!!! Antandastas?*

Lavrado nas águas turbas do Entre-Douro e Minho, marido pontual de Santa Catarina mas também curioso dos ufs ufs por Trás-os-Montes, das vinhas do Porto vim a estas portas das Pernas Seguras, metendo proa ao rebuço das Canárias, cevando a estibordo do sotavento de Tenerife, já Tejo fora enfim, e como cansa a reza pança da minha boa amamentação nas tetas dos melhores textos de antanho, ora desfigurados ao sabor das ervas, devo eu escriba-mor facilitar aos Cortesãos, cujos jambos e Jaimes tão doces me são, esclarecer a quantos pontos andam as reticências dessas mautrançadas pinhas, para que não reste dádivas nem dúdivas desta minha tão divina condição de Caminha nas terras tantas do mundus novus. Pois bem sabem os Reis Caóticos que quem conta um ponto logo tropeça numa vírgula.

Posto que os varões e as varonesas destas Veras Cruzes são mui dados aos excessos das delícias das línguas, as quais noite e dia nos percorrem o escalpo de norte a sul e de leste aoeste, deixando a pele a descoberta dos pêlos em brasa, não me poupo de agasalhar em profusão os pingos dos pontos, ora isolados, ora colocados antes ou depois do troço oblíquo. Portanto, abrolhos, mon cherry: todo ponto desacompanhado nestas paradisíacas terras equivale de preferência a uma poderosa vírgula, ainda que também valha por ponto e vírgula e ponto, de tal modo que o ponto na diagonal significa que muitas vírgulas serão introduzidas neste único ponto antes do ponto final, sem prejuízo de uma brusca mudança de parágrafo. Ainda que mal suspeitem os doutos da Torre do Tombo, não há quem não se curve aos objetos diretos dos poetas destas pragas, mui hábeis na colocação de grandes vírgulas entre um ponto e outro, com tal graça e talento que muitos reduzem o ponto e vírgula ao ponto, sem que se possa mais ver a vírgula ou o traço isolado, ao que em outros se acrescentam ainda dois traços e ponto, seguido de ritmados movimentos na diagonal, sendo que um ponto e uma vírgula na horizontal se valem normalmente de mais dois pontos, e, com freqüência, de muitos outros pontos e vírgulas e até de vírgulas e reticências. Creio e recreio pois que todas as chaves estão postas nas fechaduras para que nenhum paleógrafo abelhudo ouse aferrar ferrões errados na interpretação destes Autos do Descobrimento, se bem se deva frisar que o que vossas armadas aqui descobriram, há muito os nativos já haviam descoberto, seja ao calor do dia, seja ao luar da noite. Deste breve quadro, mui bem avergolhado de fechadinhos pontos e ousadas vírgulas, podem as gostosuras da Corte perceber que estas terras nada sáfaras são de gente sátira e glososa, tão glande a refestança com que medram no trato íntimo com as vergônteas deste alfobre das letras que ora escreve ora é escrito pelas penas duras até deitar pernas moles. Assim aos trunfos e barrunfos me ponho a pôr os ovos em pé e a relatar as últimas novas destas Veras.

Que os céus nos chovam lácrimas chrísticas mas que o clero portuga não se debulhe em maldições contra frei Vicente de Salvador. A verdade é que nosso delicioso confessor desistiu de rezar missa nas quartas-feiras de cinzas — menos por temor de acabar num espeto e mais por destemor de entregar-se a ritos litúrgicos que jamais houvera experimentado — e resolveu abrir seu boteco na zona do porto do Recife. Em summa sanctíssima: tudo aconteceu por influência de Barlaeus. Posto foi que esse malaco é quem decifrou a ladainha dos nativos e cunhou na clara e boa algazarra dos caninos o ditongo crescente que levou nosso freizinho a deliciosa perdição: *"ultra aequinoxialem non peccari"*. Isto momo, disco e repisco: não existe pecado ao sul do equador. Provedor da boa lógica lusitana, frei Vicente de Salvador, dias e noites ao repique dos repiniques foi visto salgando as nádegas pela praia do Recôncavo raciocinando em altos sons: "se não existe pecado, logo, não pode existir pregador. Então, que raios estou fazendo com estas batinas estendidas no varal?" Daí a desistir da profissão, foram quinhentos passos à direita, trinta à esquerda, mais noventa e nove seguindo a sudoeste e três retrocedendo pelo nordeste. E lá se vai nosso saudoso Vicentino Vinho

& Vino rumo à galhardia mundana da Mauritsstad. Pelas notícias que nos mandam de lá, o coração do ex-Salvador é um constante lá lá ri lá, posto que não desgruda de Marcgrave e Frans Post, ambos mui conhecidos pelo interesse que despendem à natura em pêlo das matas das Veras Cruzes. Que formigas comam a boca dos cronistas calvinistas se estiverem mentindo, mas relatam eles que nosso saboroso frei até já descobriu que o número 6, se invertido, resulta no número 9, e que se aplicada tal equação aos números irracionais tanto das horas diurnas quanto das horas noturnas, resulta em grande prazer. Daí ter formulado frei Vicente de Salvador uma teoria a qual comprova que o número zero não vale nada, além de ser muito arrogante e metido a besta.

Porquanto o quanto não se intrometa entre o onde e o quando, pode ver, Amado Reizinho Meu, que nestes sítios férteis e festejantes ninguém guarda para a terra aquilo que o vizinho há de comer, se já não comeu. Com tanto botelho de ervas compridas, por este mar de longo, poucos são os saudosos dos rabos de asno. Pudessem os d'além-mar assistir ao alvoroço das periquitas diante do levantar dos ferros, com qual graça e vigor se amainam e se deixam meter dentro, sob ancoragem a dois tiros de besta, trocariam camisas mouriscas por camisetas destoutros e de praia a palma se lançariam à fúria dos oceanos, fazendo sopros de puf e fuf para a cá meter pés na areia antes da noite alevantar sua saia.

Frufas troscas, sim, minha querida Majestade, frosfrojam pelos nhennhennhéns, a sol posto ou a lua perdida, tal a parunhagem dos nhengatus de cornos tortos. Não peça nem meça, pois, juízo falso de nosso Cabral, capitão mui honrado e degustado pelos nativos. De seu paradeiro nada ouso, pouso ou posso dar fé: há muito sumiu de visto, agasalhado por três arrenques de lindos arranques, redondinhos, formosos, sem pêlo nenhum saradinho. Vivas, hurras, urros, zurros e zinzinzins se ouvem das profundezas da mata há setecentas luas ininterruptas de tal forte que muitos dão testemunhos de que nosso capitão-mor jamais voltará às cascavéis do reino. Certo é que ninguém por estes sítios confunde a casca com a carne, mestres que são na arte do bem comer, bem beber e bem dormir.

E que me arranquem com pinça as pregas que me restam do meu mais íntimo olho se aquele malaco do Vasco de Ataíde — cuja nau foi dada como perdida próximo da ilha de São Papanicolau — não anda a gracejar por detrás dos montes redondinhos destas

Veras Terras. Minhas suspeitas, verás reizinho meu, tem afundamento pois se a expressão "comeu-a o mar" tem significado medonho às margens do Tejo, e sabe Vossa Nossa Minha Alteza quantas naves foram comidas pelo mar nestas nossas doidas aventuras pelos mares de dentro, aqui nas plagas das araras e das periquitas, os quatrocentos são outros quinhentos. Exploco e repisco: quando uma saradinha é vista balançando sua minissaia de pena de tucano pela praia, toda saidinha e satisfeita, as outras saradinhas do pedaço se alvoroçam aos gritos de "comeu-a o mar, comeu-a o mar" e logo se atiram ao ribombar das ondas querendo todas provar os glotes do Pai Netuno de plantão. Provas não tenho, mas tenho cá com meus culhões que o velhaco Ataíde é quem está por trás do time do Vasco, no Rio de Janeiro, escrete só de moçoilas criado para disputar peladas com os peladões do Botafogo. Dizem que tais embates, que chegam a durar três sóis e três luas, sempre terminam com muitas bolas na rede e não raro com tamanha algazarra que toda a torcida invade o campo e ninguém na cidade consegue dormir sem marcar pelo menos três gols.

Quanto a mim, da sombra faço minha água fresca e nas refregas vou tocando o barco, ora de popa ora de proa, posto que essa vida é boa pra caramba. Com apitos e adereços, ao ribombar dos tamboretes e tamborins, os miolos pulam como minhocas doidas com altos brados a Iemanjá, ie ie ie ijexá, minha mãe, rainha do mar. Saravá, saravá, rei meu, rei peu, rei pi, rei pó, rei pu. Sem mais nem menos, que o clamor das ruas já chama esses velhos ossos a balouçar, nesses anos que correm aos mils e lá vão pedradas, assim dou fé e hei de dar muito mais, minha cobiçada Alteza. Beijo as mãos, chupo os dedões dos pés e lambo o umbigo de toda a realeza.

Tchauzim.

O Escriba

meu bem dutado reizim

fuf! fuf! fuf! dim duns cinquentanos pra cá u bichu-priguiça mi agarrô i nunqué mais sortá. logu ao acordá metu fogu nas minhas paias di miu i passu inté u meidia só a forgá. passa vaia di arara pras bandas du ladilá, papagaiu pinta i borda cua papagaia nu gaiu, sabiá sabidinhu si assanha i canta lindu di arripiá, i essi zóiu qui a terra di cumê há só zoiandu, zoiandu a zuêra da passarada i essis uvidos só iscutandu. i assim us gonçalves dias vão passandu sem qui a genti indói-di. pópatapataio pra qui, pépotupituio pra li, essa vidi-nha corri danadinha di boa qui numpode sê mió. mi benzu nu farol da barra, mi crismu na tapera di itapuã i nada di ruim mi cisma quandu bebu a marvada di acauã. pois vosmicê mi veja o qui mi acunteceu: in-costô um exu caipira qui nunqué mais mi largá, desdi qui pitei um dubom i incuntrei u condi d'eu cantandu a dona benvinda, cuma cunversa meinviezada nu baile du corte d'arrayol. pois qui u safadu du condi, já mei bêbu, dizia assim cum vozinha bem nouvidinhu da benvinda e todumundu em vorta iscutava: sabe, doninha, qui farinha di suruí, pinga di parati, fumu di baependi, é cumê, bebê, pitá i caí. i us dois si riam até numpudê mais. si riam tantu qui dona benvinda até chegô a sortá aguaceiru pernabaixu. sei não, reizim, mas achu qui us dois tão é di teretetê. i sabi qui daqueli matu da dona benvinda sai cuelho qui nuncaba nunquinha. a danadinha numperdi tempu não, é, perdi não, bem sabi ela qui aquilu qui u homi num metê a terra há di cumê. acoma dizia o filósu: si eva num pecassi, ai di nóis qui numtinha nascidu e nem sabidu daquilu du bom da vida. pois qui mi risponda esse mundaréu di povu aí da corte: u qué qui podi havê di bom sinão gozá do amô di uma muié? di muié ou di homi. é, di homi tumbém, pois qui aqui nestas terras dessi mundão dus diabus discubri qui amô di homi tumbém é bom. i podi todumundu falá pois qui si é bom é bom i ninguém tem nada di vê cum issu, certu? a vida é minha u corpu é meu i u homi num é di ninguém i eu numdevu nada nem pra deus, pois qui u qui divia já apaguei cum tanta paia de miu qui já fumei. comu se diz na gira: pai qui é pai é oxumaré:

cabeça di homi, quadri di muié. quem é qui podi dividi u qui a natureza ajunta? tem jeitu não. todumundu aqui sabi da história du jagunçu riubardu qui passô a vida toda atarantadu dus diabus pois qui gostava di um danadu dum cumpadre du seu bandu i qui quandu essi homi qui atindia pelu nomi di diadurim murreu, foru vê qui era homi coisa ninhuma, era muié mesmu, uma bruna linda di murrê. pois aí é qui riubardu chorô comu fêmea i ninguém qui num intendeu nada. intão miriveja cumas aparências inganam. uma purção di linguarudu vivia cuchichandu im vorta da fuguera butandu im dúvida a macheza di riubardu i u coitadu si atrumentava tantu cum eli mesmu qui nunca tevi curage di tocá diadurim. i u qui qui u infeliz levô dessi amô qui era amô di verdadi mesmo? nada, nadinha. só sudade daquilu qui nem chegô a pruvá. pur isso é qui quem num intendi dus caprichus du amô num tem qui butá u bedelho na vida di ninguém. u qui queu aprendi nesti novu mundu é qui u mais importanti da vida é isprimentá tudim. muitu mais importanti duqui u oru ou a prata ou a ismerarda, qué dizê, dipendi da ismerarda, si é qui vosmicê meu reizim intendi du quistou prusiando. pois isplicu: u quistou prusiando é dividu aus meus hábitus di puliglota, já qui gostu disprimentá todas as línguas qui incontru nestas minhas caminhadas pelu mundu afora. do you understand what i mean, my king?

ah, ah, ah, êh, êh, êh, uh, uh, uh: oba: o exu caipira desencostou, meu gostoso rei. divertido esse caboclo. ah, ah, ah, ró, ró, ró, ró, ró, ró, huuuummmm. só espero que não baixe o argentino, pois não suporto a lengalenga que ele sempre sopra no meu ouvido: "que se pague a diez maravedis cada hoja de pliego entero escrita fielmente de buena letra cortesana, y apretada y no procesada: de manera que las planas sean llenas, no dejando grandes margenes e que em cada plana haya, á lo menos, treinta é cinco renglones, e quince partes en cada renglon". fruf, sai, desencosta. meu rei, meu reino de prazeres: no fundo no fundo não me importo com essa exuzada que desce pelas minhas parabólicas, exceto o argentino com seu nariz empinado e seus caga-regras do bom escrever. gosto que me encosto quando vem a baianada, caboclo véio do recôncavo, senhor das matas e dos montes de vênus: dá uma preguiça boa dos escarcéus. ai, meu paim da corte, como essa cambada da bahia de tantos santos sabe louvar os esperavéus. já disso já provei e continuo insinuando: é por isso que daqui destas praias saem poetas tão malandros de bons. os mouros e os mouriscos dos fados melancólicos precisam topar de topa em tipa moçoilos como o velho gregorião de matos, compadre meu, meu irmão, que do alto desses séculos que devem varar a dezesseis ou dezessete, mas que parecem vinte e até vinte e um, hum, hum, deixavê: sei lá, não importa. na varanda de caymmi deixamos a tarde cair e a noite vir e rimos às pulpas com as rimas dos matos dentro, pois que o danado tem a língua desperta como o diabo. veja só, minha gostosura dos reinos de portugal, a glosa que o baiano gregório dedicou às freiras ociosas que mandaram perguntar a definição do priapo, assim, sem menos nem mais, ai, ai, ais:

> Este lampreão com talo,
> que tudo come sem nojo,
> tem pesos como relojo,
> também serve de badalo:
> tem freio como cavalo,
> e como frade capelo,
> é cousa engraçada vê-lo
> ora curto, ora comprido,
> anda de peles vestido
> curtidas já sem cabelo.

ah, ah, ah, uh, uh, uh, eta preto véio danado de bom. por mais que é claro que o clero queira jogar batinas em cima do deus priapo, o boca do inferno continua apulpado com pompas nas praias públicas e no escurinho das casas de família e adotado nas escolas púbicas. e segue a glosa, glosando e glosando nos morros das vulvas vulvulantes, mas também nos vales penumbrentos detrás dos montes dos meninos:

Este, Senhora, a quem sigo,
de tão raras condições,
é caralho de culhões
das mulheres muito amigo:
se o tomais na mão, vos digo,
que haveis de achá-lo sisudo;
mas sorumbático, e mudo,
sem que vos diga, o que quer,
vos haveis de oferecer
a seu serviço contudo.

ei, ei, ei, ai, ai, ai. de glande em gozo, mar batendo nos epiglotes dos foles moles, o velho caymmi só balança a cabeça e ri e cantarola gostoso: isto aqui ô ô, é um pouquinho de brasil iá, iá. ai meus edés da cabeça aos pés, ui, ui, ui, meu odi que eu dou aqui e ali. eia, eia, meus bagos à lua cheia: soy loco por ti bahia e quem se cora e descora com essas glosas glososas, por puro desgosto ou mera cara emburrada, só pode ser louco ou louco. arrepio o pinto, arreganho a chulapa da galinha e aposto todas as minhas fimoses que aos pés dos tamarindos e das gabirobas dos séculos de festa e farra e zurros nas ocas e nas tocas das tapirocas das tuias piradas, até o padre anchieta destrabunca as índias com papo de pai do céu mas apalpa os mancebos com dedos de bedéu. essa liturgia não engana: quando a pomba gira no terreiro das mucambas nem nossa senhora das desaparecidas sabe o que desaparece nas ocas dos agasalhados. puf, fuf, truf e truco: mais um de entortar os neurônios. o que digo? o que penso? o que canto? o que conto? não sei se pingo o trinco ou se ensino o truque, pois que esses santos me deixam um tanto tonto. pelos séculos e séculos de tocamentos desonestos, ensino o truque, meu rei por mim tantas vezes apalpado: se quiser amarrar um bofe, é só oferecer um bife de porco bem passado no azeite de dendê pra nossa mãe cigana Pomba Gira e rezar de frente a ladainha da amarração: "eu te vejo pela frente, por trás te faço uma cruz, tu tem que amar tanto a mim, como a virgem ama o menino jesus". quando o boneco virar de costas, destronque a rolha e aperte bem o laço: "deus que te abrande e o anjo da guarda te abrandeça, tu vai correr tanto atrás de mim, como um jumento corre atrás de uma besta". de tiço em biço não há ganzá que desfaça o feitiço. fuf! fuf! cóf! cóf! cóf! ó meu pai orixalá-lufã: é gongo do congo da nação moçambique. santo deus dos boys: que talalata na cuca! virgem santa maria das evas aromáticas! como a cabeça giramundo giramundo mundogirando mundogirando! é, como dizem os sábios taoístas, se o planeta gira é melhor que a cabeça gire junto. girimum, mundogirando, girando, girando. e assim girando vou me comunicando, e assim pirando vou entendendo o que nas ruas do Porto quase entendia, mais por força do vinho bom do que das obrigações do dia-a-dia. e ciente que estou de que destas páginas se fixará a história que melhor contada não poderia, com muita alegria por nestas terras ter um dia botado os pés, me despeço mais uma vez, beijando os bagos da corte. e por saber ser merecedor dos carinhos d'el rei, solicito do fundo do meu coração: please, mais guloseimas.

o escriba

ei, ei, ei, viva o nosso rei: hippie, hippie, azurra! honk tonk amula! chicundun chicundun chicundun pá!

querido rei dos céus e dos pãos nossos de toda semana santa:

Vossa Alteza precisa conhecer um poeta que folga por estas maviosas terras de Vera Cruz — a qual muitos já querem mudar denominação para Brasil, que rima com varonil, que lembra vara, que remete no plano do significante aos paus que crescem e florescem em quantidade e beleza e que deleite intenso nos têm dado ao se avolumar diante de nossos olhos lupanares. Pois tal poeta, a quem os nativos costumam chamar Pinto Calçudo d'Andrade, tem por hábito nos brindar com versos folgazões e mui audazes como os que como de onde nem quem bem somos:

No Pão de Açucar
De Cada Dia
Dai-nos Senhor
A Poesia
De Cada Dia

chicundum chicundum praratimbum trá: é carnaval é carnaval — viva o rei de portugal, de porto belo ao senegal, viva os peitos velhos da gracinha gal, sob o signo glorioso do santo graal.

Veja o Senhor Rei Mafioso que tenho prensado muintcho em parrar com essas minhas cartas histórridas e me espacializar na composição de marcinhas de karnaval. É fácil, dá dinheiro e alegra a rapaziada do Brás Bexiga e Barrafunda aos manguebeats do Arrecife e arreboys — arre virgem santíssima dos buracos da rua: meus sais!!!

Aliás, tenho me ocupado nos últimos 250 anos em colecionar palavras antigas e modernas para melhor roçar os ouvidos de Vossa Alteza. Quando vejo alguma rebolando pelas trilhas que se aprofundam mata adentro logo me coloco no encalço e as sigo sem modéstia nem desconfiança para mais saber sobre suas vidas secretas: onde moram? com quem dormem? por que caminham tão rápidas? o que as faz tão gostosas? Confesso, porém, que estas danadinhas mui safadas e espertas são. Assim que percebem que estão sendo seguidas pelo escriba da Corte se põem a rebolar com suas tão arredondadas formas de tal modo que muitas acabam conseguindo mais coisas de mim do que eu delas.

Dia desses quase me dei definitivamente mal nesta empreitada. Estava folgando pela praia quando avistei uma linda palavra vestida somente com uma minissaia de penas de tucano e arara. Imediatamente me pus ereto com a cabeça apontada para os céus, os pés fincados no chão, e passei a segui-la por dentro da floresta. Ao chegarmos por detrás de uma moita mui espessa ela como que num passe de mágica do mago Merlin se transformou numa onça preta de garras terríveis, urrou, gemeu, lambeu os beiços e proferiu terríveis palavrões, certamente inadequados para quem antes parecia uma palavramoça tão hermosa. Sorte que fui acometido por uma incomum bravura: arranquei meu paubrasil pra fora e o mantive firme em posição de ataque. Horas depois acordei ensopado de suor. A safada tinha se ido, deixando profundos arranhões nas minhas costas.

Mas o Senhor Mavioso Rei Todo Poderoso de Além Mar me pede mais prudência, mais sentido e mais detalhes das vossas novas Terras de Vera Cruz?

Pois sim: prudência é árvore que não dá por aqui; sentido tenho procurado muito mas quanto mais procuro menos entendo; e detalhes são coisas do passado, já que tudo passa nestas novas heras com a velocidade de um carro de fórmula 1. Portanto: quanto? Quanto de prudência, sentido e detalhes Vossa Majestade precisa e quanto pagas por esses serviços?

O que posso informar de antepé é que, na semana passada, no ano de ontem ou há quatro séculos, não me lembro bem, pois meus neurônios já não são tantos, o bispo Sardinha virou churrasco. Bem avisei para manter o clero longe deste sítio, pois os nativos adoram carne de padre. O presidente de uma grande rede de fast foods daqui, sr. Touro Sentado num Grão de Areia, já anunciou inclusive que está concluindo os testes para o lançamento de um sanduíche que deve fazer muito sucesso nos estúdios de Vera Cruz: o McPapa. O slogan do novo produto está sendo veiculado intensamente através de sinais de fumaça: "é impossível papar um só". Há também um jingle que as crianças nativas adoram: "papaumama papaumama, papaumaaaaa, oiééé!"

Do alto do século em que me encontro, vejo blau e ouço o blaublaublau das onças tropicais, podendo portanto assegurar aos vossos da Corte Magnífica que três serão os textos fundadores destas novas terras de aquém-mar: 1) estas minhas cartas, o que muito me lisonjeia e massageia os mais profundos dos meus intestinos grassos, 2) a poesia paubrasil, do poeta Pinto Calçudo d'Andrade, o qual dei troça e graça a Vossa Alteza parágrafos atrás e 3) o Catatau, de um maluco chamado D. Pavlvs Leminsczewski que ainda será descoberto e mui estudado entre os doutos da Universidade de Coimbra. Desde já proclamo e reclamo atenção, contudo, a uma éspecie de traça conhecida por aqui como Occam, provavelmente oriunda do hábitat das ervas aromáticas que os nativos pitam em seus cigarros de palha de milho, a qual se alimenta de orações subordinadas, verbos intransitivos, vírgulas e letras maiúsculas, e que costuma perturbar, só por sarro ou farra, a ordem vigente das frases diretas, alterando a seqüência convencional dos sujeitos, verbos e predicados, sejam eles objetos secretos ou adjuntos abdominais de tempo lento e espaço rápido.

Assino e registro em cartório, portanto, que qualquer sentença que por bom grado Vossa Alteza e vossos doutos a tenham como indecente, ofensiva ou denegridora da imagem pública de instituições ou pessoas físicas e jurídicas, não é de responsabilidade minha, mas dessa poderosa traça a quem todos os impropérios devem ser atribuídos. Por ser verdade o que digo, perante a lei dos homens e as leis de Deus, dou meu testemunho apenas do que vejo e vivo. E quem tiver olhos vistos que os refogue em azeite quente de dendê.

o escriba

PS: por saber ser prestimoso trabalho meu tão importante para a fixação da história que virá, peço a Vossa Alteza que nos envie mais guloseimas.

meu lindo rei

a sra. sentido sentou-se ontem no cabo da carapinha do barrete que cobria o cocoruto deste vosso honrado escriba esfolfando-se na alfandegária marinhagem das três mil e quinhentas aljaveiras. nem sei mais o que faço para tentar convencê-la a voltar aos reinos de onde saiu, mas a todos os meus argumentos ela responde com suestes de chuvaceiros, tão fortes que nos faz cabeleira em pé de albarrada. elogiei seus coxins bem fanados, meneei as penugens com frecha, levantei ferros e sondei segura ancoragem, dentro tão grande que pode abrigar nela mais de duzentas naus. vasco de ataíde e pero escobar meteram-lhe os cabos ao modo de um roque de xadrez, amainaram as frinchas e às pipas arribaram, quedando-se em cevadouro, mas de nada adiantou. nem cócegas fez nas bragas da douda senhora tais atitudes viris, de macho velho e mastro em onze braças. almadia vai almadia vem, sorrateiramente chamamos um bom mancebo de manilha bem feita, por obra do comprimento duma mão travessa e da grossura dum fuso de algodão que também meteu bem dentro por baixo da solapa e nada. talvez nossas medidas do canal traseiro do arrombamento de escaque da senhora sentido — ao qual supúnhamos o comprimento de um côto de toutiço — estejam redondamente erradas, e tudo indica que sim, está. é possível que a berberia dela já tenha agasalhado a tantas louçadinhas asseteadas, sem embargo de ninguém nela estar aferrado com chinchorro no momento, que nem mesmo à força de quatrocentos esperavéus conseguiremos tanger corno e ferrar buzina. é realmente um fenômeno a barrafunda da cabacenta. quanto mais se penetra em seus ilhéus menos se avizinha das gaitas e trombetas, o que não lhe causa nenhuma opressão. assim que se faça missa a cascalho descoberto, a mourisca desliza pelas esquerdas, depois às direitas, envergando berbigões tão grandes e grossos que nenhum degredado de estoutros, por bem ou por mal, jamais ousara fazer mancal, sem que isso provocasse escândalos. sabemos, contudo, que de tosquia alta e sobre-pente

viço, não há míngua alguma mais lavagem para a levantar. peço ao majestoso rei das terras de portugal que me responda então com a mais sincera sentença: estarei eu ficando louco das alcatifas?
ei, ei, ei, don juan é nosso rei. ah, ah, ah, enganei um bobo na casca do ovo! não estou maluco dos escarcéis nem nada. apenas bateu banzo daquela minha velha e boa língua de além-mar. ainda estou craque nas mazelas do nosso portuga, não acha majesta? estava até alisando toutiça e dando tiro bestial com a história da senhora de barrafunda esfolada. o peru cuspiu tão longe e com tanta intensidade que temo ter manchado a seda do papel. como já disse adoro roçar a pele das palavrinhasmoças mas não dispenso as velhas que ainda dão pro gasto.
meu rei, minha lindeza: não precisa queimar pestanas com a economia de vossas terras de Vera Cruz. todos aqui têm o que precisam e ninguém faz nada. já disseram que Deus é brasileiro. ele faz tudo por nós e assim sobra muito tempo para folgarmos. alguns dos nossos, talvez influenciados por súbitos ímpetos de riqueza, tentaram meses atrás eleger um presidente, criar um parlamento e organizar as bases de uma possível indústria nacional, mas os nativos avisaram de pronto que todos aqueles que se candi-

datassem ou fossem vistos com folhetos pregando a geração de muitos empregos seriam assados em praia pública. não sobrou um que insistisse na idéia.
perdoe-me a paranóia, mas sobre o ouro e a prata vou responder em código, pois a velhaca inglaterra pode estar interceptando minhas cartas: νεχασ δε ουρο ε πρατα, βονεχα! para decifrar a mensagem vossa majestade deve procurar alguém que tenha um computador macintosh, copiar a sentença usando os caracteres da fonte simbol, sublinhá-la e mudá-la para qualquer outra fonte, menos zapf dingbats, ok? é um método simples, mas acredito que aqueles cabeçudos ingleses não conseguirão. assim, o ouro e a prata estão onde sempre estiveram.
todos aqui agradecem a santa idéia magnífica do clero europeu de aqui instalar os tribunais do santo ofício. desde que chegaram bispos e clérigos em geral, os banquetes varam dias e noites. além da boa carne o santo ofício tem abastecido a nós outros já nativos com fartas fofocas íntimas de tão ricos detalhes que muito nos têm divertido. dia desses presenciei o julgamento do padre frutuoso álvares que, por obra e graça da imaculada sinceridade, acabou se tornando um verdadeiro herói nos sete mil cantos da baía de tantos santos ao proferir confissão diante do

inquisidor heitor furtado de mendonça. pois leia, meu lindo rei, com vossos próprios olhos, o que disse o espirituoso frei: "eu cometi a torpeza de tocamentos desonestos com uns quarenta homens e com muitos moços e mancebos cujas idades variavam dos 12 aos 18 anos. eu os abracei e beijei e a todos dei". jerônimo de parada, um jovem de 17 anos, confirmou diante do tribunal os dotes sublimes do réu: "dormi com o dito clérigo carnalmente por detrás, consumando o pecado de sodomia, metendo-lhe meu membro desonesto pelo vaso traseiro como um homem faz com uma mulher pelo vaso natural por diante". a platéia de homens e mulheres com suas vergonhas excitadas urrava e gritava vivas ao frei frutuoso, de maneira tão entusiasmada que a sessão quase foi interrompida, o que acabou acontecendo quando um outro jovem, que atende pelo nome de aires venturoso, narrou suas venturosas boas aventuras ainda com o nosso herói: "meti a mão pelos calções e lhe apalpei a sua natura, alvoroçando-lha com a mão e lhe tirei os calções fora e o levei à cama, nos deitamos e o dito clérigo ajuntou a sua natura às minhas nádegas e com muito fervor arrombou meu vaso traseiro de tal sorte que arranhei paredes e explodi em delírio quando senti o grosso leite quente inundando o fundo das minhas tripas”. a essa altura a platéia veio abaixo em vivas e hurras e instalou-se festa de tamanha envergadura que meus seis buracos jamais haviam visto. homens e mulheres se serviram das delícias de frei frutuoso e ao cabo de sete dias e sete noites de festim, grande fogueira foi acesa no pátio diante do tribunal onde se teve assento o churrasco do inquisidor furtado de mendonça e de toda a sua comitiva, os quais foram banqueteados com muito agrado até pelas crianças.

e o que mais dizer eu posso é que apareceram por aqui alguns daqueles cigarros de palha de milho mui fortes, caro rei. dizem os nativos que um navio africano carregado daquelas ervas aromáticas, às quais já me referi em cartas passadas, afundou perto da costa. muitas latas chegaram até a praia. há dias há tanta festa e algazarra tamanha que até os tucanos estão espantadíssimos e não piam nenhum trio. aliás, queira vossa alteza me conceder alguns minutos. volto já.

vrijbum, trunliquifá, esbarintim prun frá. tereréu, tereréu, tereréu, prim. pacadagadá, dagadá, dá. ixi. santa pirifida das candongas trís! barbaridah. onde já se viu paca tatu dando duro em tamanduá? cotia não, cotia não. que carroceria de dandá! meu rei, meus sais, daqui desta fumaça vejo sóis e vejo mais: só não sei se a pipa em popa trava a língua e queima roupa. quem tem ferro de passar, que passe. eu passo. traço um teco e entro embaixo para me abrigar da chuva de xis e ípsilons que frija às turras na torre da matriz. o que digo? o que faço?
suponha alteza que o senhor está fazendo vestibular para a universidade de coimbra. o tema da redação é este: tristes listras de bambis de papai graçam nas páginas da imprensa nacional e o silêncio recai sobre a necrópolis de são paulo com asas de um corvo de chumbo. agora apanhe uma luneta e olhe bem para a cara do fiscal. está vendo? está vendo chifres e estafetas trichas? está vendo fronchas de rosbifes kriptas? está vendo trufas dalmarias tontas? está vendo? pois pois: é cabeça de nego, meu deus do céu, minha nega maluca, minhas trintas pregas perdidas. quem nunca experimentou um desses não sabe o que é.
sem dondições, minha linda.
qualquer horra destra escravo outra.

beijim, beijim, tchau, tchau, pelapau, pelapau

o escriba

ps: mais guloseimas, mais guloseimas. bananinhas secas, se tiver.

reizinho, mon amour

desde quando cobra tem pescoço de girassol? e quando foi que o caroço da goiaba se enroscou na carroça da mandinga pra dar uma banda de quilombola que evidentemente deita e rola na caminha de pero vaz? vosmicê me diga o que sabe e o que não eu também nem pergunto.

1) qual o tamanho da cacunda do gongo do congo?
2) se é belga, como pode andar de 3x4?
3) por que no fim de frase porque tem assento para três senhoras gorduchas e frias como um repolho refogado na manteiga de sexta-feira passada, quando robinson crusoé cruzou noé na br-101 e disse que o que não se diz é coisa do demo?
4) com quantas panelas os apóstolos cozinharam o galo na última ceia?

5) cu tem botão? em caso afirmativo, qual o tipo:

( ) de rosa

( ) de camélia

( ) de açafrão

( ) de pimenta malagueta

( ) de bico de buceta

6) três arrozes rosés foram a feira de santana levar o grão de bico para um papagaio de nariz de tucano. o que se viu primeiro ao aportar a caravela dos quatro cavaleiros do apocalixo?:

( ) o cheiro fedido do peido da baronesa de valstenstad?

( ) a benga do padre álvares

( ) umberto eco de teco e tico

( ) a carabina da julieta giusepphina

( ) a terceira prega de maomé

7) por que chaleira tem a bunda quente e a cuca vem pegá?

8) nenê nana em caminha de cão de ló?

9) quantas jabironças vossa excelência comeu nos últimos 10 mil anos?

10) alguma cuspiu no seu pau de portugal?

bem satisfeito com o tamanho do pepino que chupou demoradamente e dando pequenas mordidinhas na

polpa, o tenente da terceira divisão dos desavisados anônimos saiu apalpando o cós das calças dos cadetes descontentes à procura do cacete mais para tubarão de ventarola e polpa em pipa do que para peixinhos insignificantes. a mulher do distinto, gulosa e com mania de competição, ia atrás abocanhando todos os croquetes e agasalhando os mais mais dentro da sua bem menos tímida cabeluda de beiço de nega doida em plena mata atlântica. ao que três ponteiros de relógio e um braço de robô enlutado em lata de sardinhas swift gritaram num uníssono de dar arrepios até na careca de um violento skin:
caralho, três vezes malditos caralhos, por que esse porra desse cara não faz sentido?
pow. scrunft. nochilsnitnski. o pau se generalizou. estreletras vroavam pelo vrum da prógina, que irritada se recusou a receber as letras que se acumulavam na borda do cérebro do escriba maldito, prontas para serem ejaculadas no papel que permanecia branco como uma cera, pálido como um epilético.
quando as coisas começavam a se acalmar, um distraído imprudente pisou na cedilha da palavra caça que imediatamente fechou o tempo em todas as casas do cais de santos.
mas como três andorinhas esfomeadas não cagam na

cabeça de um único varão, garanto, vossa excelência verá que nem em agosto nem com desgosto devo dar mais o ar da desgraça.
hasta la vista.

o escriba

ei, ei, lindona

ralará ramadã balanlã lã dá. ralará ralará ralará bun dá. estou sabendo que muitos d'além-mar andam dizendo que estou surrupiando textos d'outrem para rechear de floreios minhas cartas a vossa gostosura. em claro e bom portuga: me acusam de mero plagiário. mas não me importo meu lindo rei: sei que eu sou bonita e gostosa e dengosa e macho de arregancho em popa em pupa em pipa e ripa na xulipa, garooooutinho. deixe que digam que pensem que falem. há muito perdi a cabeça e achei outras trezentas caminhas para cerzir minhas pregas, que de fossa em buço, nem de costas nem de bruços. bruscos são os movimentos dos moçoilos quando se arribam em projéteis erécteis. e quão macios os vales penumbrentos destas vossas nossas e de ninguém mais Tenras Terras de Tantas Veras que até Credo em Cruz

se faz cruzeta para jorrar em leite bruto toda santa noite de festa feira.
pois saibam os doutos da Coroa que de arressóis meus trezentos sacos já estão cheios. pelas pulgas de Plutarco, pelos totens de Aristóteles, que se acalme Calmon, que se abata um xote sobre Baião! *De admirandis in natura auditis em summa est:* daqui destes tortos trópicos tosto minhas carnes ao sal do atlântico, admiro os relevos tão recobertos de macias selvas e não dou pelota para o pelotão de invejosos. todos os que de costas encaminham impropérios contra o velho caminha não passam de bruacas véias, viúvas sem trunfos, cabeças de bagre. aqui pra vocês. gente dessa laia pé dentro não pisa nem com roça braba e babem enquando podam que dos portos dos maranhões aos canhões das santas catarrinas divisões de exus trancam as ruas. nem vem que não tem. avise, por gentileza, meu gostoso rei, a essas jararacas, que se ousarem botar vela ao vento e singrar oceano e por aqui aportarem vão parar no espeto. dito e constrito que se apartam os raios que o partam.
reizinho das coxas macias e nádegas roliças: brubrubus pintarroxas frecham as fronchas das cocoruchas com tamanha verve que até rapaz imberbe apalpa a pimpa da carabina. é tanto pau-

brasil ereto nestas vossas terras à sombra e água fresca que esta égua de colônia ainda será potência de ponta. asseguro e não emburro e não há motivo algum para cá mandar a coroa interventor nem feitor nem bofe de truques foles nenhum. fique frio, minha linda: o sol é vermelho e a cabeçorra é vermelha e a cabeluda no fundo também é vermelha. de sorte que a baía da guanabarra quando cai a tarde e a vara vem, tudo fica tão vermelhinho que nos dá um calorão — ave maria, credo em cruz, três toctoc na madeira, que lassidão danada de boa, viche menino!

minha linda, peço e não dispenso guarde segredo destas maustroçadas somente entre vós e mim, yes, sim, madameminha: não só de sexo e ervas aromáticas vive esta deusa maravilhosa que sou eu. pois semana vem semana não, charuto do bom na cabeçorra, água que passarinho não bebe queimando filme goela adentro e vestido rendado de baiana saracoteando nas virilhas, entrei no terreiro dos orixás, girei pombarrola, afundei no afoxé, montei cavalo, atravessei ayé e entrei no orum do ié-ié-ié. em *summa sanctissima sacerdotissa mutus et continuos*: deitei cabeça. ó minha mãe menininha, ó meu paizim do reino unido da bahia, ó minhas pregas que nunca mais esquecerei ao sol requentado do posto 9: nesta

terra grassa a mais divina santidade hippie honk tonk monk — do elevado lins de albuquerque aos coqueiros verdes de arembepe. bafo de onça, buço de araponga, fuça de formiga, viço de peçanha: tenha certeza, minha tigresa, apesar das saudades de apalpar vossas bolinhas com meus mais tenros lábios grossos, destas Terras de Santas Veras jamais arredo pé.
trinta trutas não vão me convencer. trincas roxas de aparas trouxas para me sangrar. e que escrevam cartas claras os destros da corroa para eu entender. pois quem bebe e pita não tem saco para essa linguagem de bengala que quer me pegar. pensam que eu não sei, acham que eu pirei. truscas, vriscos, cuspos e assignus embaixo: ouiouiouipireisimeandomuitobem-acompanhadopelovelhomacudosgrandesvergõesvere-dasoqualjádissoerepicoantesdantesdoquemauavir-gulhado.aosborbolhõessopetõesaossapatõesmergu-lhõesaosmeusculhõescusdosbons. quemriportantoes-porradequatro:puuuuuuuuuuffffffff!!! ahahahgozei. aqui se caça a corsa e coça a paca com sangue e sal, se querem cacete mole e xota seca que leiam o jornal. eu fico com o mingau dos meninos e das meninas. lascívia, luxúria: é tudo que se plantando nesta terra santa dá. *pra que sofrer?* — como diz o samba. viver é gozar e se não goza enrruga a pele. mas não

sou filósofo para me tortorrar nem doutor roto para me adestrar — assumo meu mero posto de escriba ao ovo choco e vou tocando. se alguém esperra que algo exploque, já está explicado, não entenderam? aceite meu conselho, minha fada: se cerque de gente menos caolha e mais caótica, sem olhos tristes de tristão equívoco.

novidades? novidades? imagine a cena, sem cortes: um índio espeta uma maçã na ponta de uma flecha, mira num coco de babaçu suspenso lá no céu, estica a corda, mantém teso o arco da promíscua, solta, a flecha cruza os séculos e séculos amon rá e cai bem no meio do paraíso — o que acontece?: a mulher escuta o ruído e pergunta à serpente se o homem a está traindo atrás das oliveiras. a serpente responde com sua língua sssssssibilante que traição não existe, o paraíso é invenção e que homem mulher e serpente juntos podem fazer coisas mais interessantes do que nascer crescer e procriar. nisso o homem aparece sorrateiro, acerta uma paulada na cabeça da serpente, corta a danada em pedacinhos e oferece à mulher. a mulher chora aos cântaros e se recusa a comê-la pois que era a serpente sua única amiga. o homem come e se transforma em metade homem metade serpente com mente de humano e mente de réptil. a mulher se

apaixona perdidamente pelo homemserpente e deus encontra o índio no jardim das delícias procurando por sua flecha. deus ordena que o índio cubra sua vergonha imediatamente. o índio retruca que se deus é feito a nossa imagem e semelhança ele é quem deveria se despir. moral da história, minha linda?: todos esqueceram da maçã.
simples como um vendaval estas minhas sentenças são a mais fiel tradução do que vejo e vivo nestas veras terras tantas. portanto não entendo quando por que onde ou quem. isso é coisa dá machonaria a qual há muito não cabeça me faz mais. não me venham com essa de machificação. como emérito caçador de onças não sou especialista em caminhar sobre as ondas. me chamo caminha, não caminho. se carta eu canto, se corta eu danço, se rima eu piro, se prumo apronto e se for pimenta malagueta, espirro. essa a grande diversão no país do carvanal: espilrrar na curva do erro, sentar no acento da sedinha e assar no espeto o bispo sardinha — pobre homem santo que a deus voltou tão rapidamente e tão sordidamente cheirando mal.
por antepenaltimo, minha reizinha idolatradamada, quero deixar escuro que se por mais não escrevo nada tem a ver com essa lengalenga de que o velho caminha deitou na fama de um beco sem saída. não mais escre-

vo porque não quero, não mais escravo porque não escorre, não mais escrovo porque os ovos do novo não chocam mais como bem cantou o negro dito popular. se quiser conferir, que venha ao vivo e em cores, minha gostosa alteza: estarei esperando de pernas abertas. não esqueça de trazer guloseimas. as mulatas eu garanto. e antes que despeça possa mando um cigarrito desta tão benfazeja erva aromática para que a corte vá se preparando. tragam cartesius natus que leminskychewski quer dar um plá com pló com ele. tragam mefistofólius que el guimarrões quer daná-lo em prossa. e não tenham pressa que a paciência manda lembranças. se flor do lau, pessoa também será blau blau com honrrarias de grego otomano. aqui de frente para o oceano este velho escriba de ossos carcomidos se renovou. com o ferrão da erva se fez forte. com o ferro em brasa se reforçou e escreveu aquilo que na história não coube mas que soube a flor do lácio ao sabor da couve. e quantos que aqui couveram coragem suficiente para assumir esta língua estorva tiveram, tenho certeza, pelos deuses serão abensuados. claro está que quem soa ressoa e quem não ecoa não fede.

o escriba.

ROTEIROS EM ÓRBITA

Curta metragem

sim: todos os músculos do corpo se estiram no sentido norte/sul. a mão, seda aveludada, desce até a altura da barriga, um pouco mais abaixo, e começa a abrir o zíper da calça. dedos delicados tiram para fora o pau enrijecido como uma pedra, a cabeça pronunciada, vermelha, sanguínea. os dedos envolvem o pau com firmeza, apertando, forte, como se quisessem fundi-lo ao próprio corpo, mão e pau, uma só carne. o vaivém, para frente e para trás, arranca suspiros, respiração cada vez mais forte, gemidos, princípio de uma explosiva loucura. quando o líquido viscoso, branco, grosso, quente, esvai-se pelo pequeno orifício, ela pousa os lábios na cabeça do pau, envolve-o inteiro, acaricia, suga com prazer e, com a faca na mão esquerda, corta-o bem rente à virilha.

3x4 DO JOVEM QUANDO ARTISTA

ela vai dizer assim com aquele olhar vazio e meio ansioso de sempre que isso é muito anos 70 e eu não vou ligar e saco entre a pilha de discos um velho belchior. faço a barba me corto todo passo nívea só para não espetar sua delicada pele só para não imacular sua delicada beleza que ela guarda como um passaporte ao menos para os próximos dois anos. diante do espelho faço a barba e me corto com aquela voz quase louca. sim baby quando a vida nos violentar pediremos ao bom deus que nos ajude falaremos assim para a vida vida pisa devagar meu coração cuidado é frágil como um beijo de novela. diante do espelho faço a barba e me lembro o quanto detesto raspar a cara e lembro o quanto detesto ver pêlos sobre a cara e pela milionésima vez penso vou ser obrigado a conviver com isso a menos que um arcanjo num sonho me imprima uma nova cara sem aura adulterada um sorriso infantil em algum lugar da cara que ele achasse melhor mas arcanjos não fazem coisas desse tipo. diante do espelho lembro que ainda ontem tinha pensado em mudar tudo em tomar correndo um boeing para paris um tapete voador para as montanhas do nepal um chá para a galáxia mais distante que pudesse cintilar entre alfa e centauro. e estava indeciso entre embarcar para cuba ou recolher os caquinhos do espelho deitados sobre uma pocinha d'água talvez salgada quando ela se levantou do sofá com aquele olhar meio vazio meio ansioso de sempre só para dizer que isso é muito anos 70 e que eu tenho andado muito melancólico e não tenho compreendido que o bezerro sagrado é profano nos anos 90 e seu nome soletra-se em cinco letras: ge de gato erre de rato a de anta ene de naja e a de avestruz.

bem talvez quem sabe assim seja tudo bem. paciente começo e recomeço e meço meu começo e me arremesso para as galáxias do poeta proto-barroco h de c imaginando o quanto a estupidez humana tem dado provas de sua inviabilidade. não não e não — recuso e afasto a pessoa nefasta e acuso em meu radar a pessoa rara e começo e meço e recomeço a traçar a trajetória de um míssil teleapaixonado quando a voz rouca mas nem tanto escapa dos fios e agulhas e toda aquela rede intrincada de minúsculos transístores se levanta contra o tédio que na última semana me obrigou a permanecer calado durante três dias seguidos. ela olha e parece nem perceber a palidez em meu rosto ainda machucado pelo g-2. ela olha e não entende. ela espia em volta e quer engolir de uma vez com seus grandes lábios os últimos doze filmes que estrearam na cidade, os últimos quinze shows que estrearam na cidade, as últimas quatrocentas e noventa e sete peças que estrearam na cidade. ela olha para a samambaia e mais embaixo a rua e um pouco ao lado o guincho enferrujado. ela olha e fala e nunca me olha bem dentro dos olhos. ela fala e fala e de repente ela é ele e ele não sou eu e quem ela procura não está nem nela nem em mim. ela olha e ela de repente é ele. e ele imediatamente saca um monte de besteiras para me ofender para me machucar. e ele ainda procura acusações contra mim quando eu já recomeço e meço e recomeço a 200 por hora tentando microcalcular a velocidade que me fará escapar ileso à curva. perigoso é mas com fé em deus eu não vou morrer tão cedo penso e rio e rio e rio assobiando velhos blues e pensando em inglês que realmente eu nunca pude entender sua lógica. e rio e morro de rir com as besteiras que ele anda escrevendo. e rio e penso que posso até relaxar um pouco que posso relaxar tudo o que eu quiser. e ele. ele olha em volta e não acredita. e ele olha em volta e me acusa me xinga. e ele olha em volta e agora percebe que está sozinho como sempre esteve.

Espelhos estilhaçados

Quebro todos os espelhos da casa. Antes de caírem no chão os cacos se transformam em borboletas de asas afiadas. Batem nas vidraças, voam sobre mim, rasgam minha pele. Não há sangue nem dor. Em cada estilhaço imagens compactas, cenas passadas, replays de um filme familiar, sem roteiro, sem direção. Qual delas reprisa aquele golpe de sabre? Aquele golpe preciso que nasce da serena imobilidade do espadachim? Um único golpe, definitivo. Aço mergulhando na carne, expondo a última gota de sinceridade.

Não há golpe, não há espadachim, você está delirando — ele diz olhando-se no espelho intacto. Ele tem os olhos escuros como petróleo. Sobrancelhas grossas, escuras. Lábios grossos. Pele lisa de bebê. Ele se olha no espelho intacto enquanto fura a orelha com a agulha de tricô.

Suor frio nas têmporas.

Ele olha seus próprios olhos enquanto fura a orelha com a agulha de tricô. Não sei quem ele é. Não sei como o espelho continua intacto depois de ter sido arrebentado em pedacinhos.

Bolhas vermelhas explodem na porta do banheiro. Quentes, muito quentes. Parecem caldo borbulhante de vulcão em erupção. Avançam, crescem, borbulham. Permaneço imóvel, tigre com os músculos relaxados, roçados pela sopa fervente, mas não me queimo. Nenhum pânico.

Vulcões. As próprias palavras dariam todos os sinais se as pessoas prestassem mais atenção a elas. Vulcões. Perceba a força dessas sílabas. Vulcões. Vulcões. É um sinal. Significa que algo que está preso dentro de você tem que se derramar, você tem que lançar para fora toda a lava acumulada, mas lançar de uma vez, com ferocidade, com violência. Uma explosão assustadora, impiedosa. Não se pode ser piedoso quando se entra em erupção — ele diz, sem tirar os olhos do espelho.

O ar que expele dos pulmões atravessa as cordas vocais e se projeta no ar. Sons. Palavras. Significados. Sentidos. Mas enquanto fala, seus dentes caem, se transformam em pérolas e rolam pelo assoalho. A boca se movimenta mas eu não escuto nada. Como uma televisão sem som.

Zap. Corte brusco. Como? Não sei. Num segundo a cena se modifica. Árvores ressequidas, luz trevosa, um fosso talvez com crocodilos. Estou diante de um castelo medieval. Melhor: diante das grades de um castelo medieval. Talvez grades de um cemitério, não sei. Mas o cenário é medieval, disso tenho certeza. As grades são baixas, pontas em forma de lanças, farpas de gumes ferrosos. Uso uma armadura. Sei que sou eu, mesmo que não possa ver o rosto, coberto pelo metal da armadura. Estendo a mão sobre a seta da grade. Num gesto rápido, um simples movimento para baixo, faço com que a lâmina pontiaguda atravesse a palma da minha mão. Não há sangue. Nenhuma dor. Nenhum sobressalto. Sei que é minha mão. Sei que sou eu. Mas não sei quem é ele parado na frente do espelho intacto, olhos nos próprios olhos, a orelha furada com a agulha de tricô.

Sou sua mãe, sou sua filha e esta noite serei sua — ele diz, como se adivinhasse a pergunta que eu jamais faria.

Olho seu corpo sob a luz azulada que entra pela janela. Ele está nu. Ele tem uma serpente entrelaçada a uma ânfora tatuada no seio. Ele tem os mamilos duros, posso ver. As penugens que descem do umbigo, eriçadas.

Olho seu reflexo no espelho intacto. Não há reflexo.

Eu sou você mesma e esta noite serei sua — ele diz. Apenas uma noite. E nunca mais.

No futuro a gente se encontra

Olho o olho que me olha. O olho que me olha olha mas não vê. Não vê nada além da carcaça que está fichada em seu arquivo fotoelétrico como um inimigo que deve ser exterminado. Giro o rosto e olho a lua através da janela. A janela tem um vidro quebrado. Olho a lua através do vidro quebrado da janela e ouço lady Laurie Anderson. Um sax enlouquecido murmura profecias melancólicas no fundo do fundo do meu ouvido. William Burroughs tenta dizer alguma coisa. Não consegue. Um iceberg corta o enquadramento da lua no vidro quebrado da janela. Passa diante da janela. Mister Ice tem um sol negro tatuado na pele de gelo. Presságio. Arrepio. Está chegando a hora.

"Onde você escondeu meus olhos, docktor Normal?" — pergunta frau Daryl, uma andróide deliciosa, criação perfeita de Linyx II.

Está chegando a hora. Peter Pin faz soar a campainha. Barulho de ferragem sendo triturada. Luz vermelha e estroboscópica cegando os caçadores. Labirintos de linguagem. Peter Pin assume o comando da aeronave equipada com radar a laser. Peter Pin aciona o botão automático do transmissor: "Punks em pânico no shopping sex, Rodrigueira. Mensagem cifrada: isso aqui está um gelo. Mensagem cifrada: retrace o ataque, Rodrigueixa. O monstro escamoso foi visto ontem no Setor 9, Projeto SP. Mensagem cifrada: 7 astros se alinharão em Escorpião como só no dia da bomba de Hiroxima e eles não estão sabendo de nada, Rodrigueixa. Mensagem cifrada: prepare o ataque, Rodrigueixa. A nave vai varrer as ruas numa altura mais alta, fora do alcance dos tacapes. Está pronto para incendiar a metrópole, Rodrigueixa? Você está certo de que eles não estão entendendo nosso código?"

Peter Pin desliga o rádio sampler. Estende o mapa sobre a mesa. Prega com durex na parede o papiro meio amarelado com as instruções da tribo ecoalizadas. Escreve com tinta invisível: ah, ah, eles pensam que estamos fazendo ficção dentro da ficção que eles chamam realidade. Não vamos crescer, mestre Zen Sato. Vamos seguir. Ouça o tambor. Ouça os tambores do templo da Fernando de Noronha, em frente ao Country Club, onde os b.m. estão amotinados. Ouça os tambores e me responda: já está avistando em seu binóculo o cruzamento África-Japão? Dizem que lorde Byrestone anda caçando vampiros no Blue Valentino. O Rio de Janeiro está em guerra civil. Fawcett Kid manda boletins informando sobre a movimentação estratégica das Neomadonas. Ele não suspeita da rebelião dos intratáveis na velha Londrix.

Deito ao lado de Peter Pin. A nave fica sob o comando do piloto automático. "Você é homem ou mulher, Peter Pin?" "Sou uma chinesa. Sou um cataclisma. Estou fora do seu alcance" — diz Peter Pin, girando o botão do equalizador. Coxa sobre coxa. Tio Bill se retorce como um lobo bêbado nas caixas de som. Ela tenta. Ele diz ao palhaço-que-se-retirou: "Você não caberá no futuro, Blade Boboca. Você será trucidado pelos radicais da Falange Mutante, Blade Boboca". Bbbbbzzzzz. Sintonize Rodrigueixa: você sabe de quem estou falando, certo? Claro, Blade Boboca, o imbecil que foi vaiado no concerto de Londrix — digo enquanto Peter Pin tira a calcinha e deita-se novamente a meu lado.

No telão a nossa frente uma mexicana viciada em cápsulas de spryx pergunta à platéia atônita: "Que és más macho, pineaple or knife?" A mexicana com os cabelos desgrenhados chamada Camila Lopez pergunta ao pó: "Who is who in the planet of my dreams, conde Záppula?" No enquadramento da janela, o sol negro dissolve mister Ice. Clara Crocô estende sua pata sobre a maçaneta da porta. Tio Bill completa a mensagem cifrada na cápsula estereofônica: "Language is a virus". Peter Pin está gulosa esta noite. Olho o olho que me olha. O olho que me olha permanece no mesmo lugar. "Ele é cego, seu bobo" — sussurra Peter Pin no meu ouvido. Ah, ah, ah, um olho que olha mas não vê, penso, entrando em delírio.

Monólogo de M. Blood

sinto muito e sinto muito mesmo não ter nada melhor a dizer a não ser que há tempos eu não sinto nada ah nada mesmo nadinha nem por você meu amor nem por mim nem oh como sentia quando naquela tarde quase sol se pondo vermelhão no céu e as árvores tremendo de leve contra a brisa suave do outono e a blusa de lã roçando os mamilos durinhos empinados e a sua cabeça pousada entre os meus seios ah como eu sentia um arrepio descendo pelas costas suas mãos deslizando sobre a pele embaixo da blusa e eu sabia eu sentia que aquele corpo aspirava o perfume dos meus seios e eu podia sentir aquele pirulito endurecendo aquele momento nós dois parados como se fosse um filme ninguém palavra nenhuma só sentindo a pele o gostoso daquele pedaço de carne esponjosa crescendo pressionando minha coxa e como isso me fazia sentir mulher desejada aquele objeto lindo eu imaginava aquela cabeça como um cogumelo embaixo das calças eu podia sentir querendo furar minha carne entrando no meio das minhas coxas afoito e ah como eu sentia uma flor se abrindo os lábios sugando sugando gulosos e úmidos até derramar o leite quente sim eu sentia não sei se toda mulher sente quando a gosma cheirosa quente derrama como uma lava dentro da gente tão doce e tão forte me sentindo virada do avesso a cabeça girando meu deus como pode acontecer eu lembro sim eu lembro muito bem como sentia e não sei por que agora não sinto nada tudo tão duro sem graça e me lembro que a última vez em que fui ao médico ele me perguntou o que você está sentindo e eu respondi nada doutor e ele ficou irritado e não entendeu que o que eu estava dizendo é que realmente eu não estou sentindo absolutamente nada e eu não entendo por que volta e meia acordo chorando e sem vontade de levantar da cama e a atmosfera parece pesada demais para que eu possa atravessar meu corpo pelo ar sem a menor resistência porque me sinto exilada dentro do meu próprio país posta à margem posto que a margem é uma das beiradas do rio que simplesmente pode se transformar em choro depressivo ou em expressão explosiva de uma nova sensibilidade que ainda não conseguiu encontrar seu lugar ao sol principalmente porque o sol nas bancas de revistas já não se reflete com a mesma vivacidade de ontem quando todos sabiam que adão e eva haviam sido expulsos do paraíso mas ninguém mais se importava com isso e ninguém consegue entender como uma mulher pode ser inteligente e pode tomar decisões e comandar uma reunião e ao mesmo tempo desejar ser penetrada arrombada rasgada ao meio e isso eu sei mete medo porque não entendem ah meu amor será que alguma vez você entendeu como é que uma mulher pode ter alguma opinião sobre algum assunto depois de ter sido enrabada a noite toda e gritado e gemido e ter sido furada e lambuzada como é que pode dizer alguma coisa séria e isso tudo e cuidar dos filhos e eu não sei se você entendia o que eu sentia só que ontem eu ainda sentia e sentia muito e agora eu não entendo por que estou pagando a conta de um banquete do qual nem participei e eu disse muitas vezes enquanto você atravessava paredes derretidas que quando chegamos para a festa a festa já havia terminado e os garçons já estavam varrendo o chão e recolhendo os cacos dos copos quebrados mas eu e os bardos bêbados da velha londrix tivemos energia para começar outra festa e agora eu sinto medo de não conseguir recomeçar tudo outra vez sim porque você nem sabe que os bardos bêbados muitos oh como eles me furaram e me amaram e eu me abria e oferecia minha carne e também eles gritavam e urravam sim meu amor porque antes de você muitos me rasgaram até bem mais por trás e a dor ah dor e prazer e uma dor diferente de um parto e como eu me escancarava e servia meu buraco de quatro aberta suspirando e como eles agarravam minhas nádegas com mãos fortes e abriam ainda mais como se quisessem olhar dentro de mim e eu me sentia mesmo escancarada exposta aos olhares curiosos e a cabeça enterrada no travesseiro as pernas bem abertas e como eles metiam a língua e enfiavam e diziam que tinha um gosto doce um manjar dos deuses e iam metendo dentro de mim aquela cabeça quente entrando conquistando território enfiando enfiando ah como eu sentia aquela estaca de carne dura e macia ao mesmo tempo enterrada lá no fundo e a cada golpe me penetrando mais me ferindo um ferimento que me fazia esquecer quem eu era me cutucando com as mãos agarrando meus seios aquelas coxas fortes pressionando minhas nádegas ah eu enlouquecia meu deus ah como deus pode dar um corpo pra gente e depois dizer que é um pecado uma mulher sentir aquele objeto divino rasgando os músculos se contraindo segurando dentro de mim cada centímetro puxando mais pra dentro bem fundo como se pudesse entrar todinho e ficar ali uma eternidade daquele jeito empinada sobre o lençol e o corpo inteiro sofrendo espasmos me sentindo uma égua naquela deliciosa loucura uma loucura que nenhum homem vai entender nunca não sei se os gays entendem talvez sim talvez mas eles têm um pirulito também e podem meter se quiserem mas uma mulher não pode nunca meter um dedo não é a mesma coisa que um pinto pendurado no meio das pernas e muitos gostavam que eu metesse o dedo neles também e eu gostava disso não sei talvez porque uma mulher também queira sentir como é meter alguma coisa dentro da pessoa que ama e nem por isso eu sentia que eles deixassem de ser tão homens como eu sentia que eles eram e muitos também se viravam e se arreganhavam e ofereciam serviam o buraco para que eu sugasse e metesse a língua quente úmida ali dentro daquele buraquinho lindo um botãozinho como se todo o corpo convergisse para aquele buraquinho escondido um oásis entre dunas redondas e eles gemiam ah juro que gemiam e pediam para que eu enfiasse o dedo ali dentro bem fundo e se contorciam enquanto eu deitava por cima daqueles corpos macios mordendo o pescoço e deslizando a boca pelas costas lambendo cada pedacinho mexendo o dedo bem fundo e ah eles gemiam baixinho mexiam as nádegas e gemiam e depois me amavam ainda com mais força e ah meu bem meu amor meu querido tudo isso antes que você chegasse e me olhasse com esses olhos de serpente venenosa porque uma mulher é isso mesmo e o que pode haver de errado em sentir o corpo todo sendo desbravado porque uma mulher gosta de ser desbravada porque uma mulher está sempre vulnerável aos vampiros e os vampiros são desejados porque são selvagens mas é preciso saber identificar os vampiros que estão sugando a minha energia porque eu gostaria que as coisas fossem limpas e claras e que os vampiros se apresentassem à luz do dia e eu não entendo por que tanta gente diz que eu tenho mais é que me acomodar e ser uma mulher sensata como se uma mulher pudesse ser sensata e eu não entendo por que as pessoas são tão incapazes de me encorajar e por que vivem dizendo sinto muito é isso o que elas dizem e eu sei que é mentira porque dá para ver nos olhos que elas também não estão sentindo nada talvez até menos que eu e eu sei que quando se diz que alguém está morto é preciso entender que o morto simplesmente não cabe mais nos figurinos que seu corpo estava ocupando porque o morto saiu definitivamente da peça e só se os atores forem péssimos demais para continuar insistindo numa peça que já acabou e o teatro acabou e a mesma máscara não vai ser usada no próximo carnaval e o carnaval acabou e falta energia para reinventar outro porque um boi sabe quando está na fila do matadouro ah sabe sim conhece o cheiro de sangue ah oh os dentes quentes do vampiro meu amor meu cruel vampiro sim meu querido me suga me mata me arromba porque eu quero dizer sim eu quero dizer sim eu quero dizer sim mas eu simplesmente digo não

CÓDIGO 999

O HOMEMCARRO

Acordou bem cedo, girou a chave na ignição, engatou a primeira, pisou no acelerador e foi até o banheiro.

Banho tomado, bem polido e aspirado, estacionou diante do espelho, espelho meu:

— Limpo, limpinho. Ulá lá, como essa vida é boa. Estou me sentindo zerinho.

"Corta. Próxima seqüência. Levante um pouco mais a traseira, arranque com mais segurança. Atenção: luz azul menos acentuada na lateral esquerda. Plano geral fechando lentamente em plano americano sobre o capô. Luzes, câmera, ação":

Desceu até a garagem, deslizando macio sobre os degraus da escada, com uma expressão de alegria no retrovisor. No caminho pensou com seus cilindros na linda garota que encontrara à noite passada no lava-rápido. Lembrou do jeito delicado e malicioso como piscou os faróis para ela. Rememorou uma a uma as palavras trocadas sob a lua oval da Esso.

— Que tal trocarmos o óleo juntos qualquer dia desses?

— Oh, não, eu prefiro uma cerveja.

— Claro, claro. Também sou movido a álcool.

— Bem, não foi exatamente isso que eu quis dizer. Não sou alcóolatra.

— Ah, desculpe. Foi só força de expressão. Talvez você prefira uma boa lavagem no motor.

— Puxa, você é um tanto explícito, não?

— Sabe como é, numa cidade tão grande como esta, a chance de nos reencontrarmos é uma contra milhões.

— Se o destino quiser...

Bastou para sentir uma forte palpitação no câmbio. Quando se despediram, ainda pensou em pedir o número da placa da sua linda paixão platônica à primeira vista. Mas foi acometido por uma súbita timidez.

"Se o destino quiser. Se o destino quiser. Tomara que queira, ó meu grande Destino".

Na garagem, alisou o retrovisor interno, estufou os amortecedores e arrancou à toda, rumo ao trabalho.

"Corta, excelente. Ótima arrancada, segura, demonstrando grande estabilidade. Mantenha a mesma expressão nas próximas cenas. Lembre-se que esta propaganda vai atingir um público que sabe o que quer. Atenção: rodando".

As ruas molhadas pela chuva ácida da madrugada encheram seu carburador com um agradável olor de diesel queimado. Pleno de felicidade, acionou o pisca-alerta. Desceu a rua suavemente e cantou os pneus ao dobrar a esquina. Os semáforos piscavam como vagalumes aos seus faróis.

— Quanta poesia, quanta poesia. E ainda tem gente que amaldiçoa esta vida.

Ao chegar ao escritório, soou a buzina para a secretária, como sempre fazia todas as manhãs. Engatou uma ré e estacionou diante da mesa de mogno com tampo de mármore, numa baliza de dar inveja a todos os funcionários. Sempre fora um chefe exemplar, não poderia demonstrar falhas diante de seus subalternos. Por isso, caprichava nas manobras. Tinha lá seus macetes. Sabia de cor a posição correta do volante, a velocidade de arranque e a precisão da freada.

"Corta. Muito bom. Vamos lá, próxima cena".

Aproveitou os quinze minutos de descanso após o almoço para dar um lustre na lataria. Escovou bem os pneus, passou limpa-vidro no pára-brisa dianteiro. Percebeu o olhar atento da secretária. Imaginou os dois juntinhos num drive-in, cercados por outros lindos modelos importados. "Será que ela aceitaria se eu a convidasse? Mas e se me denunciasse por assédio sexual? Não haveria motivos, afinal, seria apenas um convite, nada demais. Bem, os tempos estão mudados, não é bom facilitar com as secretárias. Porém, tenho certeza que ela adoraria meu assento fofinho".

"Corta. Ótimo, perfeito, maravilhoso. Melhor, impossível. Agora, capricho total, última cena. Close nos pneus novinhos, câmera passeia lentamente por toda a lataria, como se estivesse revelando cada parte do corpo, clima de sensualidade. Não se esqueçam que este filme, esta obra de arte, será dirigida também às mulheres. Tudo pronto? Rodando."

Passou a tarde inteira divagando, inebriado, lunático, pensando na amável, moderna, meiga e decidida secretária. Imaginou as deliciosas sensações que sentiria ao contato de um corpo feminino roçando seus estofamentos. Sem dizer nada, porém, ao final do expediente, despediu-se de sua musa secreta com uma tímida buzinada. "Quem sabe amanhã eu crie coragem. Oh meu Deus das engrenagens!" Com uma ágil manobra, entrou no elevador, desceu até o térreo e ganhou a rua. Quando tirou o pé da embreagem, primeira engatada, morreu. "Meu Deus, uma falha dessas, diante de todos os funcionários."

"Corta."

Silêncio pesado. Girou de novo a chave, engatou a primeira, tirou o pé da embreagem e .... morreu. Corou toda a lataria.

"Corta."

Tentou novamente. Morreu. "Meu Deus, me ajude. Isto nunca me aconteceu. Não pode ser."

Enfurecido, o diretor, famoso por seu pavio curto e seus acessos de violência, partiu para cima dele.

Confusão no set de filmagem. Sopapos, jabs, cruzados de direita, ganchos certeiros.

No dia seguinte, os jornais estamparam a trágica notícia:

Homemcarro é assassinado por diretor de filmes publicitários com quatro punhaladas, uma em cada pneu.

Anestesia Geral

UMA FÁBULA FAJUTA EM DOIS ATOS

Nota importantíssima: o autor não se responsabiliza perante os tribunais por quaisquer opiniões ou atitudes dos personagens, sendo eles cônscios de seus atos e palavras. Para efeitos legais, medidas processuais devem ser endereçadas a eles próprios ou a seus espólios, visto que todos estão mortos. Se o juiz por bem em primeira instância julgar que os vivos não podem se responsabilizar pelas opiniões e atitudes dos mortos, fica assim preestabelecido que não cabe a abertura de nenhum processo, sendo que qualquer petição nesse sentido estará irrevogavelmente anulada.

1

— Seu caixão, senhor.

— O quê?

— Seu caixão. Sua esposa encomendou.

— Você deve estar louco.

— Bem, onde eu posso deixá-lo?

— Eu não quero caixão nenhum. Cai fora antes que eu me irrite.

— Tudo bem. Posso deixá-lo aqui mesmo, então?

— Leve essa porcaria embora, catso.

— Não posso. O caixão agora é do senhor.

— E para que eu vou querer uma coisa dessas, imbecil?

— Óbvio: para entrar dentro dele, oras.

— Será que você não sabe que só os vampiros usam caixões? Ou os mortos.

— Então.

— Você está insinuando que sou um vampiro?

— Em absoluto.

— E eu tenho cara de morto, por acaso?

— Pronto, começou. É sempre assim.

— O que você está dizendo, estúpido?

— Estou dizendo que estou de saco cheio destes defuntos idiotas que pensam que vão viver eternamente.

— O que o faz pensar que você tem o direito de entrar na minha casa trazendo uma trolha dessas e ainda me chamar de defunto idiota?

— Bem, o senhor tem certeza de que aqui é sua casa?

— Claro que tenho.

— Pois então, dê uma olhadinha em volta.

525836-K olha para o teto ao mesmo tempo em que sente um frio nas costas. O teto é branco, os azulejos das paredes também. Num lapso de segundo percebe que está nu, deitado sobre uma mesa gelada, branca.

— Ei, o que é isso?

— Um necrotério.

525836-K levanta-se bruscamente.

— O que eu estou fazendo aqui?

— Ora, ora, o que as pessoas fazem em um necrotério?

525836-K esfrega os olhos com os nós dos dedos indicadores.

— Como eu vim parar nesse lugar asqueroso?

— Esta questão foge da minha alçada. Eu só vim entregar o caixão. Agora, com licença. Tenho muito trabalho.

525836-K agarra o homem de terno preto pelo colarinho.

— Por favor, sem grosserias.

— Você vai ter que explicar que droga está acontecendo. Não estou gostando dessa brincadeira.

— Senhor, por gentileza, tire suas mãos de mim.

— Nada disso. Você só sai daqui depois de explicar tudinho, tintim por tintim.

Com a agilidade de um faixa-preta em judô, o que de fato ele é, o homem de terno preto agarra os pulsos de 525836-K e num relâmpago coloca-o no chão.

— Desculpe, fui obrigado. O senhor está bem?

— É, acho que não quebrei nenhuma costela.

— Tenho que ir. Adeus, senhor.

— Espere.

— Sim?

— Sou um homem bem de vida. Posso lhe dar uma boa gratificação.

— Oh, meu Santo Deus das Pernas Longas: por que estas pobres criaturas não facilitam as coisas?

— Que pobre criatura o diabo. Sou um homem rico. Rico, riquíssimo, entendeu?

— Por favor, encare os fatos. O senhor está morto. Mortinho da Silva. Eme ó erre tê ó: morto.

Finish. Stop. Adios. Desculpe, não queria ser tão enfático, mas o senhor já passou dos limites.

— O que você está dizendo?

— Está bem, vou explicar pela última vez — ó, meu Santíssimo, Imaculado, Idolatrado, que emprego mais ingrato. Qual a última lembrança que o senhor guarda nesse cérebro de Deus?

— Deixe-me ver. Acho que eu estava assistindo ao Jornal Nacional na sala junto com

— E então apagou, entrou em colapso, escafedeu-se, sumiu do mapa. Acontece que sem saber o senhor estava sofrendo do mesmo mal que acomete milhões de pessoas em todo o planeta. Os cientistas chamam vulgarmente de Anestesia Geral. É causado por overdose de manipulação. Pouco a pouco, o cérebro vai entrando num estado de paralisia. Pode demorar, mas não há escapatória. É morte certa. A maioria se torna uma espécie de zumbi, morto-vivo. Eis o que aconteceu. Ponto final. Agora, por gentileza, queira se acomodar em seu caixão que eu ainda tenho muito trabalho pela frente.

Rapidamente o homem de terno preto alcança a porta de saída e ganha a rua. Incrédulo, 525836-K vasculha a sala do necrotério em busca do controle remoto. Nesse momento, em milhares de lares, as emissoras de TV interrompem suas programações, desejando a todos uma boa noite.

2

— Olá, minha presa, como vai?

— Quem é você?

— Ora, ora, quem sou eu? Aqui todos me conhecem. Lúcifer, é claro. Ou pensou que fosse Robert de Niro?

— Cai fora, já estou muito confuso.

— Tadinho, confuso? Não se preocupe, meu coelhinho, é normal: idiotas como você só percebem que estão confusos depois que morrem. Em vida arrotam uma autoconfiança irritante.

— Ei, você também com esse papo escroto de que eu morri? Já não chega aquele urubu de terno preto?

— O agente funerário é conhecido pela sua paciência. Não pense que tenho o mesmo saco que ele.

— Vá embora, me deixe em paz.

— Ó, minha flor, é bom se acostumar com a minha presença. Jamais nos separaremos. *You and me, together til eternity.* Meu inglês anda meio gasto, mas daria uma bela balada, não acha?

— Não quero saber de balada nenhuma. Vou-me embora.

— Ah, ah, ah.

Pausa.

— Ah, ah, ah.

Pausa.

— Ah, ah, ah.

— Por que está rindo como um idiota?

— Idiota? Ah, ah, ah, idiota? O Grande Cão, o Coisa-Ruim, o Satanás, um idiota? Ah, ah, ah.

Lúcifer, ligeiramente enfurecido, gira o botão do controle central. A temperatura do inferno sobe para 80°.

— Aaaaaaaaaaiiiiiiiiiiiiiiiiiiiiiiiiii. Estou torrando. Pelo amor de Deus, desligue essa geringonça.

— Ah, ah, ah. Aqui Deus não entra nem pela porta dos fundos.

Uma turba de detentos do inferno começa uma rebelião no Pavilhão 9. Algazarra infernal:

— Quem é o imbecil que está desafiando Lúcifer?

— Chamem Dante Alighieri para dar cabo desse estúpido.

— Vamos enterrá-lo de cabeça para baixo na sala dos horrores intestinais.

— Ótimo, ótimo, meu rebanho. Este inferno estava realmente muito bem comportado. Agora, sim, está do jeito que o diabo gosta, com o perdão pelo trocadilho infame.

— Desligue imediatamente esta joça ou eu vou chamar meus seguranças.

— Oh, não, isso não, meu patrão. Foi só brincadeirinha. Já vou desligar.

Lúcifer gira o botão do controle central no sentido contrário. A temperatura cai para 80° negativos.

— Bbbbbbbbbbrrrrrrrrrrrrrrrrr. E-e-e-ssss-to-to-tou con-ge-lan-lan-lan-do.

— Con-con-ge-lan-lan-lan-lan-lando? Que gracinha. Bem, acho que agora já deu para entender as regras do jogo, não?

— Si-si-si-sim-im.

— Ótimo. Welcome to Hell. Deixe-me apresentar seus companheiros de cela: Adolph, Rei da Alemanha.

— Heil, monte de bosta. Com meus poderes convenci milhões em minha Nação de que éramos os únicos representantes da raça pura. Sempre estive cercado de ótimos publicitários. Este o meu segredo.

— Antoninus, Rei da Bahia.

— Se achegue, meu peixinho. Com meu dinheiro convenci até intelectuais de que era um grande coração. Sempre estive cercado de ótimos ladrões. E fique sabendo que está me devendo o transporte até aqui.

— Von Mac Macedo, representante do Rei dos Reis na face da Terra.

— Como vai, minha ovelha. Com minha lábia convenci até os miseráveis de que deveriam me pagar 10% da sua miséria para conseguirem um autógrafo de Deus. Sempre estive cercado de ótimos charlatães. E devo avisá-lo que sua esposa já doou 10% da sua fortuna.

— Enfim, companhias de fino trato, nada a reclamar, não é mesmo? Alguma pergunta?

— Quando vou acordar deste pesadelo?

— Grande, pergunta digna de um sábio formado na tradição de Papa Paulus Coelhus. Vamos a outra.

— Onde está o controle remoto? Não estou gostando deste programa.

— Ah, ah, ah, o controle remoto? Aqui está, monte de pústula. É todo seu.

Num gesto desesperado, 525836-K agarra o controle remoto. Tenta todos os canais de VHF e UHF. Vãs tentativas de uma alma penada em pânico. Em todos, a programação é a mesma.

Natureza morta

— Vamos trepar?

— Não.

— Eu chupo você todinha.

— Não.

— Eu como você por trás.

— Não.

— Eu deixo você me chupar.

— Não.

— Eu gozo na sua boca.

— Não.

— Está bem, está bem, eu deixo você enfiar o dedo em mim.

— Não.

— Que porra está acontecendo? (*com raiva*) Que porra está acontecendo? (*aos gritos*) Que porra es

— Quer calar essa boca de merda. Vai acabar acordando o bebê.

Luz sombria na cozinha. Silêncio sepulcral. Xyz acende um cigarro, tosse e cospe um pedaço do pulmão, verde-azulado, manchas pretas, podre. Abre uma garrafa de Castell Chombert, vinho vagabundo, tinto. Seca a garrafa em meia-hora e abre outra, seca e abre mais uma. As paredes começam a derreter.

Luzes azuis, verdes, amarelas e vermelhas furam o ar pesado do quarto, como feixes de raio x. Da porta da cozinha Xyz vê o esqueleto da mulher sendo perfurado pelos raios de luz multicolorida. A mulher ronca. Um homenzinho esverdeado, bochechas de bulldog, salta da tela da TV. Atrás dele, um outro homenzinho, este pura sombra amarela, manchas sangue nos braços e nas têmporas.

— Vamos matá-la?

— Não esta noite.

— Você acha que o cérebro ainda está funcionando?

— Uns 2%, talvez.

— Quando vamos matá-la?

— Não vamos matá-la.

— Não estou entendendo.

— Tenho um plano melhor. Ao invés de matá-la vamos fazer com que ela mate tudo o que está em volta.

— O soft "Casada, casta e castrada"?

— Exatamente.

Xyz tosse violentamente. Os dois homenzinhos viram-se para a porta da cozinha. Um deles dispara um raio ultravioleta que atinge Xyz bem no meio da testa.

Estranho, um filme muito estranho. O que estou fazendo aqui, petrificado na porta da cozinha? Como era mesmo o filme? Não consigo lembrar de nada. Acho que vou abrir uma garrafa de vinho. Não, acho que vou dormir. Dormir? Não, vou fumar um cigarro. Como era mesmo o nome daquele shampoo contra calvície? Que guerra absurda é essa da Bósnia. Onde fica mesmo a Bósnia? Vou mudar de marca de cigarro. Carlton? Free? Hollywood? Preciso fazer um seguro de vida. Nunca se sabe o futuro. Ai, que dor de cabeça infernal. Será que tem aspirina? Amanhã não vou trabalhar. Bem, acho que vou tomar um trago. Não, melhor dormir. Mas preciso encontrar uma aspirina. Talvez eu devesse dar uma cagada. Ok, vou acender um cigarro. Não é melhor assistir um pouco de televisão?

Tomado pela dúvida, Xyz continua petrificado na porta da cozinha. Não consegue se mexer. A mulher ronca.

Xyz vê uma barata atravessando vagarosamente o piso da cozinha. Será que devo matá-la? A barata parece bem velha. Suas antenas são brancas. Está recoberta de pequenos pêlos, também brancos.

Xyz consegue tomar uma decisão. Avança em direção à barata. O chão chacoalha. As luzes da casa piscam. A geladeira abre e fecha a porta violentamente.

— Não faça isso.

— Ãhn?

— Eu não sou uma barata.

— Não é possível. Estou ficando louco.

— Não está não. Estou dizendo: não sou uma barata.

— Quem está aí?

— Não tem ninguém. Sou eu mesmo quem está falando. Não sou uma barata.

— Se não é uma barata, quem é você?

— Franz Kafka.

— O quê???

— Franz Kafka. Nunca ouviu falar?

— Não, eu não estou louco. Vou matá-la.

— Nãããããããooooooo.

O pé de Xyz pisa pesadamente o chão da cozinha. Apesar de bastante velha, a barata consegue escapar com um salto totalmente inesperado e se refugia embaixo do armário.

— Imbecil. Você quase esmagou um monumento da literatura.

— Caralho. Onde está o inseticida?

— Espere, espere. Está havendo uma conspiração nesta casa. Estou sabendo de tudo. Vão acabar com você.

— Quem vai acabar comigo?

— Bem, digamos que você mesmo vai acabar com você. Eles vão apenas dar um empurrãozinho.

— Eles quem, porra???

— Ela.

— Ela quem???

— Sua mulher, estúpido.

— Minha mulher?

— É. Junto com os homenzinhos de luz.

— Que homenzinhos de luz?

— Olha, sente-se e se acalme. Primeiro: não sou uma barata. Sou o escritor Franz Kafka. Trabalhei em um tribunal de Praga durante anos. Dias e dias, semanas e semanas, meses e meses. Eu detestava aquele ambiente, mas todas as manhãs metia meu terno e ia pra lá. Parecia que um ímã gigantesco me puxava para aquela sala escura, cheia de livros de lombada escura, enfileirados em estantes de madeira escura. Não entendia por quê, mas simplesmente continuava batendo meu ponto naquele lugar asqueroso, dizendo bom-dia para os outros funcionários, ouvindo bons-dias de todos eles, sentando atrás de uma mesa de madeira escura, lendo processos e mais processos, tomando um montão de cafezinhos, esperando as horas passarem para poder voltar para as ruas e das ruas para casa e as horas se arrastavam, lentas como tartarugas agonizantes. Eu não entendia por que estava gastando os melhores anos da minha juventude naquele tribunal. Mas um dia descobri.

— Descobriu o quê, meu Deus do Céu? (Pausa. Respiração pesada.) Pela Virgem Maria dos Hospícios, acho que estou ficando mesmo tantã. Onde já se viu conversar com uma barata?

— Já disse que não sou uma barata. Sou Franz Kafka.

— Está bem. Mas o que você descobriu?

— Descobri que haviam instalado na porta da entrada do tribunal um ímã gigantesco.

— Essa não. Que porra de escritor mais sem imaginação.

— Não é ficção. Havia um ímã gigantesco. Não cheguei a descobrir exatamente como funcionava o mecanismo, mas o fato é que todas aquelas pessoas eram puxadas até lá. Não havia como escapar.

— Onde está o maldito inseticida?

— Espere. Ainda não contei o pior. O ímã era apenas uma parte de uma engrenagem muito maior. Havia uma máquina estranha, capaz de produzir alucinações coletivas. Quando atravessavam a porta da entrada, os funcionários imediatamente tinham seus cérebros bombardeados por imagens abstratas. Um trilhão de imagens que os deixavam meio anestesiados. Eu mesmo passei anos e anos dopado. Chegava, abria as gavetas da minha mesa, tirava pilhas de papéis e passava o dia inteiro lendo-os. Vez em quando, levantava, tomava um cafezinho e, quando estava voltando para o meu lugar, via através da janela a luz de verão, ou de outono, caindo mansa na rua, pessoas zanzando de um lado para outro, todas com o mesmo brilho opaco nos olhos, e no meio da multidão sempre estava uma mulher linda, que ficava me olhando através do vidro da janela e ela levantava a saia, e estava sempre sem calcinha e tinha uns pentelhos ruivos que eram uma beleza e então

— Então?

— Um dia cheguei no tribunal e não havia mais janelas.

— Ãhn?

— As janelas simplesmente haviam sumido.

— E ninguém reclamou?

— Nem perceberam. Era como se nunca tivesse havido janela alguma naquelas paredes. Eu mesmo tinha dúvidas se aquelas janelas e aquela mulher realmente haviam existido algum dia.

— E a tal conspiração que está acontecendo na minha casa?

— Não me interrompa. Uma manhã, estava bastante frio, porra, um frio daqueles de deixar o pau da gente do tamanho do dedo mindinho, e nessa manhã eu encontrei a tal mulher na rua. Ela não disse uma palavra, simplesmente levantou a saia e eu vi aqueles pentelhos ruivos e aqueles grandes lábios vermelhos, carnudos, sorrindo pra mim e nesse momento eu senti que iria cometer um crime.

— Que crime, minha Virgem Santíssima?

— Nunca mais iria voltar para aquele tribunal. Foi o que eu fiz. Simplesmente fui seguindo aqueles lábios no meio da multidão e eles me levaram para um lado da cidade que eu não conhecia, jamais estivera ali. Passamos muito tempo — não lembro quanto, perdi a noção dos dias, não havia relógio — nos beijando e eu beijava a barriga daquela mulher e olhava extasiado os pelinhos dela se arrepiarem e beijava os bicos dos seios e eles ficavam durinhos e ela gemia e abria aqueles grandes lábios macios como pele de bebê e de repente, um dia, aconteceu.

— Já sei. Ela ficou grávida.

— Não. Uma noite eu estava na cozinha abrindo uma garrafa de vinho e escutei uma conversa no quarto.

— Eu sou seu pai. Você tem que me obedecer.

— Eu não quero ter filho nenhum.

— Mas ele vai salvar os homens.

— Pai, esse papo pra cima de mim. Além do mais eu não sou nenhuma virgem.

— Não importa. O que interessa é o mito. Do amor imaculado de uma virgem nascerá um filho que virá salvar a humanidade. Você sabe o que isso significa? O amor puro, total, que está muito acima da carne. Um amor espiritual.

— Tô fora. Pra mim, amor é beijo, saliva, é alguém entrando em mim, é gemido, é meu corpo, minha mente, meu espírito entrando em delírio. Sou humana, pai.

— Você fala como uma vagabunda.

— Estou sendo sincera. Sou um mistério pra você.

— Um castigo cairá sobre esta casa, como uma longa noite de treva.

— Não seja vingativo, pai. Tente compreender a minha natureza de fêmea.

— Quando entrei no quarto, ela continuava nua, com aqueles grandes lábios me chamando. Pediu para eu derramar o vinho tinto sobre o seu seio e bebê-lo devagarinho e foi me puxando com as pernas e pegou meu pau com a mesma doçura de sempre e foi colocando dentro dela e eu não perguntei nada sobre a conversa que ouvira e ela também não falou nada. Nós vivíamos praticamente dentro de casa. Parecia milagre: as garrafas de vinho se multiplicavam na geladeira e no armário da cozinha o pão jamais acabava. Nunca entendi como aquilo acontecia, também não me ocupava em entender. Eu escrevia minhas histórias, ela cantava e dançava pra mim. Mas de repente aconteceu a tragédia.

— Pronto. Que tragédia?

— Eu me transformei numa barata.

— E ela?

— Não sei, nunca mais a vi.

Silêncio. Xyz pensa em oferecer vinho a Franz Kafka mas pondera que baratas não bebem vinho. Pelo menos as que conhecia.

— Bem, agora que você conhece a minha história, vou contar a sua.

— A minha?

— Sim. Você se lembra de como este texto começou?

— Uhn. Não.

— Basta voltar algumas páginas e ler novamente.

— Mas sou apenas um personagem. Não tenho esse poder.

— Não, você não é um personagem. Você é vítima de uma conspiração.

— Que porra de conspiração é essa?

— A sua mulher é irmã da minha doce ruiva. Ela aceitou as ordens do pai.

— Vá se foder.

— E os homenzinhos de luz são uma tecnologia mais desenvolvida da máquina de provocar alucinações que haviam instalado no velho tribunal de Praga.

— Que homenzinhos de luz são esses?

— São eles que controlam o cérebro da sua mulher. E já estão controlando o seu também. Sem se dar conta, vocês dois estão ficando parecidos comigo na época em que eu trabalhava no tribunal de Praga. Com o tempo, vão se tornar frios e hipócritas. Nos fins de semana, você vai colocar sua culpa na coleira e levá-la para passear. Sua mulher vai engolir um quilo de mágoas diariamente mas não vai dizer nada.

Vocês nunca mais saberão o que é se divertir pra valer. Quando perceberem, já estarão mortos.

— Vá se foder, sua barata nojenta. Está rogando praga pra cima de nós?

— Estou dizendo que é uma conspiração muito bem montada.

— Estou de saco cheio dessa sua lengalenga.

Irritado, Xyz salta do canto da cozinha e cai pesadamente com o pé direito em cima de Franz Kafka. As paredes continuam derretendo. O piso da cozinha treme e a porta da geladeira abre e fecha violentamente. As luzes azuis, verdes, amarelas e vermelhas perfuram o esqueleto da mulher deitada no quarto.

Xyz vai até o banheiro, mija, escova os dentes, tira a camisa e se atira na cama. Amanhã vai ser um dia duro de trabalho.

Franz Kafka, agonizando no piso da cozinha: "Leitor, a-a-ju-de e-s-se estú-pi-do do X-y-z. Con-convença-o a ler o con-to *O es-pre-me-dor de cu-lhões*, de Char-les Bu-ko-vs-ki. Es-tá no li-vro Cr

ZANZANDO COM ZAZIE NO METRÔ — UM PLÁGIO ZURREAL —

Aviso aos tradutores: alguns figurantes deste plágio in progress são, no momento, bastante conhecidos no Brasil (país da América Latina, cuja capital não é a Bolívia), outros menos e há aqueles ainda que preferiram se esconder sob o manto de engenhosos anagramas para não terem a reputação abalada. Notas explicativas de rodapé, no entanto, são desnecessárias, pois até que este texto seja traduzido para as línguas cultas, certamente todos já estarão mortos há séculos e séculos e poucos se lembrarão deles, inclusive entre os próprios brasileiros. Além do mais, é provável que esta fábula nem tenha sido plagiada por um único autor, menos provável ainda que o plagiário tenha existido. Quem sabe, tudo não tenha passado da perturbação causada por um monstruoso vírus encontrado num beco sem saída da Internet. Portanto: em caso de reclamações, ligue para o Serviço de Atendimento ao Consumidor: 00 55 11 869-3649.

1

— Ué??

— Ué por quê? Já não disse que sou um tira?

— Disse, sim. Mas é justamente isso que me espanta: o que um tira está fazendo a essa hora em Paris?

— Nem vem. Aqui não é Paris. Além do mais eu fiz uma pergunta primeiro.

— O quê?

— O quê o quê?

— O quê você perguntou primeiro?

— Esqueci.

— Pois eu sei: perguntou se eu sou um travesti.

— É. E você não respondeu.

— Já disse que não.

— Então por que respondeu de novo?

— Porque você perguntou.

— Mentira. Eu tinha esquecido.

— É verdade.

Um sujeito vestido de predicado apoiado num objeto direto se intromete na conversa.

— Ei Gegêsabenada, que horas são?

— Não se mete!

Fica perplexo: não era isso que estava no roteiro. Okessecaratápensando? — pensa. Tenta outra vez.

— Ei Gegêsabena

Craw!!!

O sujeito vestido de predicado apoiado num objeto direto empacotado no chão, desiste.

— Que droga. Ficou tarde. Como eu vou embora agora?

— De táxi, oras!

— ???

— Se esqueceu que estamos no Panthéon?

— Essa é boa. Aqui não é o Panthéon. É a Sainte-Chapelle.

"Sainte-Chapelle, Sainte-Chapelle" — gritam alguns transeuntes.

— Você está louco.

— Aé? E eles?

— Também.

O sujeito vestido de predicado apoiado num objeto direto levanta-se do chão e como se nada tivesse acontecido limpa discretamente as mangas do paletó.

— Ei Gegêsabenada, que horas são?

— Deixavê: hum-hum, hum-hum. Não posso.

— Seu relógio parou?

— Yes, sir.

— A baterialaser pifou?

— Yes, sir.

— Impossível.

— Está me chamando de mentiroso?

A frase interrogativa direta sai acompanhada de um petardo.

Pimba!

Desfigurado no chão, o sujeito vestido de predicado (bom, o resto vocês já sabem) geme com vozinha fraca:

— Alguém precisa avisar esse personagem maluco que ainda não inventaram a baterialaser.

2

— Pômakifedô!

— Não vale. Essa está no livro *Zazie no Metrô*, do escritor francês Raymond Queneau, lançado no Brasil pela editora Rocco, com excelente tradução de Irene Monique Harlek Cubric.

— E quem disse que a tradução é excelente?

— A professora de Língua e Literatura Francesa da Faculdade de Letras da Federal do Rio de Janeiro, Ecila de Azeredo.

— Ah!

— Disse mais: a irreverência de Zazie tem outra face: é a própria irreverência de Raymond Queneau contra os cânones da língua, demolidor que passou pelas barricadas do Surrealismo e da Patafísica de Alfred Jarry, na sua corrida de lingüista devastador, apaixonado pelo grafismo. Seus *pictogrammes* datam de 1928 e, perseguindo esse caminho, escreveu um ensaio sobre o tipógrafo Nicolas Cirrier, que, já em 1840, caligramava suas pesquisas tipográficas. Quer mais?

— Não!

— Esses exercícios de Queneau resultam em distorções verbais dos dogmas lingüísticos, aos quais se dedicava com afinco de ginasta e verve de malabarista. Um excelente exemplo está nos seus *Exercices de Style* (1947), onde multiplica um único texto em 99 reflexos de recriações. Quer mais?

— Está ficando interessante.

— Pois não pense que eu vou dar moleza para esse escritor malandro que fica copiando textos dos outros para encher lingüiça. Ei, é com você mesmo que eu estou falando.

Diante do flagra, o autor do presente texto resolve mudar de assunto.

3

"Bem, queridos leitores: *Zazie no Metrô* trata-se de uma sucessão de flashes cinematográficos engraçadíssimos, deflagrados pela chegada de Zazie em Paris, onde é esperada por titio Gaby, marido de Marceline, que dança a noite numa das mais famosas boates de travestis da capital francesa (titio Gaby, não Marceline). Amante do nonsense, como Lewis Caroll, e raposa da linguagem, como James Joyce, Queneau utiliza-se da sátira para esculhambar com, com, com, hum, um momento, ah, sim, para esculhambar com Mademoiselle Lógica Linear de Alcântara Machado, cujo tronco familiar descende de um antigo Engenho Luso-Brasileiro denominado

O ó do Borogodó. Mil e um personagens entram e saem da narrativa com a maior naturalidade, como se estivessem chupando um picolé ou fazendo uma propaganda de Bom Bril. Suas passagens são sempre marcantes. Com o metrô em greve, Zazie fica furiosa porque não pode realizar seu maior sonho: andar de metrô. No táxi de Charles, que no final das contas pede Madeleine em casamento, no boteco de Turandot, que fica em frente à sapataria de Gridoux, que não vai muito com a cara do papagaio Verdurinha, que vive repetindo: "Você fala, fala, mas não faz nada".

Zanzando sozinha pelas ruas de Paris, Zazie é perseguida por um tarado que compra-lhe uma calça jeans e que no final das contas não passa de um tira babaca que pega no pé de Marceline. Antes, porém, seduz sem querer a gulosa viúva Mouaque, que no final da história acaba metralhada por dois pelotões blindados e um esquadrão da cavalaria, depois de uma homérica briga no Nictalopes só porque chamou Gridoux de babaca como todo mundo. Enfim, caro leitor, *Zazie no Metrô* é um romance digamos assim, bem patafísico".

— Patafísico porra nenhuma — exclama Zazie do alto da página 21.

4

Você não vai se deixar levar por essa desbocada da Zazie, não é, leitor amigo? Vai? Aé? Então tome:

— Que que há — exclama Gridoux — pirou de vez?

— Em que sentido? Você está me comparando com William Burroughs ou Ronald Reagan?

— Sou sapateiro mas não pego no pé de ninguém. Ne sutor ultra crepidam, como diziam os antigos. O senhor entendeu? Usque non as cendam anch'io son pittore adios amigos, amen et toc. É, acho que estou perdendo meu latim. A propósito, o senhor é tira? É da Liga dos Senhores Adventistas da Cultura Ilustrada do Sétimo Caderno, página 7-5, versículo Primeira Página, módulo 300?

— Quer me dizer de onde é que o senhor tirou essa idéia?

— Tira ou tarado.

O cara deu de ombros tranqüilamente e disse, sem convicção ou mágoa:

— Ofensas, taí o único agradecimento que a gente recebe quando traz de volta para os pais uma criança perdida. Ofensas.

E acrescentou, após um profundo suspiro:

— E que pais!

Gridoux descolou a bunda da cadeira para perguntar em tom ameaçador:

— Qual é o problema com os pais?

— Nenhum! Nenhum! (Sorriso.)

— Se tem algum, vai dizendo logo.

— O problema é que o tio é uma tia. Pior, ele não transa de camisinha e sim de camisola. Dizem até que usa uma gravata na língua, só para enganar as vítimas da fome sexual na Dinamarca.

Nastima Sazaki, japonês versado na contracultura, com pós-graduação em pós modernos como pó de chip, pó de clip e pó de osso- buco, ouvindo silenciosamente a conversa, encostado na parede lateral esquerda da sapataria, com a reprodução em off-set colorida de um quadro de Van Gogh ao fundo, resolve sair em defesa de titio Gaby:

— Está escrito no *Finnegans Wake* que Gabriel é um anjo, uma bicha honrada. Aliás, nem é bicha, e sim, adepto de práticas sexuais não ortodoxas, o que é algo incompreensível para um tira estúpido como esse personagem grosseiro. Aliás, que autor de merda é esse que até agora não revelou o nome desse personagem?

— E quem é você para se meter neste diálogo?

Humildemente o pós-graduado Nastima Sazaki apresenta seus brasões:

— Sou amigo do Caetano Veloso. Se vocês não sabem, o maior poeta brasileiro deste século.

Numa manobra hábil, Gridoux tira da gaveta um papelote de pó de arroz e dá ao pós-graduado Nastima Sazaki para mantê-lo distraído. Rapidamente, retoma a peleja com o tira tarado e babaca.

— Mentira — gritou Gridoux — mentira, o senhor está proibido de falar assim.

— Não estou proibido de nada, meu caro, não recebo ordens suas.

— Gabriel — disse Gridoux, solenemente — é um cidadão honesto, aliás, todo mundo gosta dele por aqui.

— Então foram todos seduzidos.

— Olha aqui, esse seu ar de superioridade está me enchendo. Estou dizendo que Gabriel não é bicha, entendeu ou quer que eu explique?

— Quero provas.

— Simples. Ele é casado.

— Isso não quer dizer nada. Veja Henrique III, por exemplo, também era casado.

— Com quem? (Sorriso.)

— Com Louise de Vaudémont.

Gridoux dá uma risadinha, senta a bunda na cadeira, acende uma charola cubana:

— Essa não, se a tal Louise tivesse sido rainha da França, todo mundo ia saber.

— E todo mundo sabe.

5

Enquanto o autor seleciona outros trechos da grande literatura ocidental para plagiar, o Senhor Gerente de Marketing à Procura de Novos Talentos Para Preencher o Vazio Cultural invade sorrateiramente o hard disk do Macintosh modelo SE e lança mão de sua poderosa estratégia de persuasão.

Bem-vindos, leitores e leitoras, ao mundo da escritura contemporânea. Como os senhores e as senhoras já devem ter notado, este texto trata-se de uma obra aberta. Portanto, gostaríamos de saber a opinião do venerável público sobre o rumo que a história deve tomar. Tenho certeza que o autor será sensível a vossa respeitável opinião. Para participar, basta fazer um x na alternativa que mais vos agradar.

( ) Titio Gaby deve sodomizar Madeleine no boteco de Turandot para provar à crítica que não é homossexual.

( ) Os dois pelotões blindados e o esquadrão da cavalaria devem metralhar o tira tarado e babaca, ao invés da gulosa viúva Mouaque, que, afinal de contas, não é de se jogar fora.

( ) O pós-graduado em pós modernos Nastima Sazaki deve ser enviado ao roteiro da Rosa Púrpura do Cairo e condenado a debater os rumos da literatura eurocristã-acadêmica-de-vanguarda com o vetusto crítico Wilson Kasher pelos séculos e séculos amém.

( ) O papagaio Verdurinha deve ser sumariamente refogado na manteiga e com bastante cebola.

( ) Nenhuma das alternativas anteriores. Nesse caso, vossa excelência pode sugerir outro grand finale e enviá-lo para o seguinte endereço: Rua Barão de Limeira, 425 – 8º andar – Campos Elíseos – CEP. 01202-001 – São Paulo (SP), a/c do Senhor Ombudsbolha.

Ao voltar do banheiro com o livro *V* de Thomas Pinchon na mão e um punhado de idéias na cabeça, o autor depara-se com o Senhor Gerente de Marketing à Procura de Novos Talentos Para Preencher o Vazio

Cultural batucando nas teclas do computador. Enfurecido com a interferência mercadológica em seu texto, inicia uma apoteótica discussão com o Senhor Gerente de Marketing à Procura de Novos Talentos para Preencher o Vazio Cultural, transmitida ao vivo em cadeia internacional pela Rede Globo de Televisão, com direção de Roberto Marinho, vinhetas de Hans Donner, iluminação de Gerald Thomas, trilha sonora de Daniela Mercury e narração de Cid Moreira. Cafezinho: Escrava Isaura.

"Esse texto é uma bosta, você tem que admitir", grita o Senhor Gerente de Marketing à Procura de Novos Talentos para Preencher o Vazio Cultural. "Pode fazer muito sucesso. Quem sabe com a interferência do leitor nós podemos convencer algum editor sobre suas grandes possibilidades comerciais", berra, ainda mais alto, tentando acalmar o autor, enquanto voam pela sala pedaços de fígado de boi cru, salsichas enlatadas, modess sujos de menstruação, garrafas de caninha 51, máquinas de lavar roupa, disquetes de computador contaminados com o vírus Michelangelo, discos de Nelson Ned. Com uma faca elétrica dupla face na mão, o autor encosta o Senhor Gerente de Marketing à Procura de Novos Talentos Para Preencher o Vazio Cultural na parede.

Tensão, suspense, pânico. Música incidental do filme *Tubarão*.

"Corta", grita o diretor Roberto Marinho.

"Obrigado pelo apoio moral", retruca o autor e liga a faca elétrica na tomada para cortar a garganta do Senhor Gerente de Marketing à Procura de Novos Talentos Para Preencher o Vazio Cultural.

"Não, eu disse corta, corta", berra o diretor Roberto Marinho, apavorado.

"Por que você não coloca o nome da faca elétrica? Merchandising, brother. Deixa de ser burro", diz a cabeça do Senhor Gerente de Marketing à Procura de Novos Talentos Para Preencher o Vazio Cultural, já separada do corpo, que estrebucha como um frango com o pescoço destroncado.

Enquanto o autor se prepara para exibir, triunfante, a cabeça do Senhor Gerente de Marketing à Procura de Novos Talentos Para Preencher o Vazio Cultural, numa bandeja de prata, surge um foco de rebelião entre os piratas do Capitão Gancho que aguardavam para entrar na programação após o término deste filme. Numa rápida manobra de guerra, os piratas prendem o roteirista, seqüestram o diretor e se apossam da história.

Capitão Gancho: Titio Gaby é uma doçura. Eu fico com ele.

O pós-graduado em pós modernos Nastima Sazaki salta à frente para defender a honra de Gabriel, desembainha sua caneta Mont Blanc tinteiro, grita "touché" e é imediatamente degolado pelo Cavalheiro Starkey, um pirata muito elegante em sua maneira de matar.

Os dois pelotões blindados e o esquadrão da cavalaria, comandados pelo General Custer arrombam a porta do estúdio e entram ao som da música de abertura do seriado *Bonanza*. Smee, o irlandês protestante, homem muito cordial, que esfaqueia sem a menor intenção de ofender, agarra o diretor Roberto Marinho e o faz refém.

Smee: Mais um passo e eu arranco o escalpo deste diretor de meia pataca.

General Custer: Não tô nem aí (lixando as unhas).

Roberto Marinho: Estão todos despedidos.

General Custer: Não tô nem aí (guardando a lixa de unhas).

Roberto Marinho: Seu idiota. Eu sou o dono desta televisão. Nunca mais vou exibir um filme seu.

General Custer: Não tô nem aí.

Irritado com o curso das negociações, o pirata Smee arranca as orelhas, um pedaço do nariz e o tampo da cabeça do diretor Roberto Marinho e começa a preparar uma feijoada.

Todos passam a dar palpites sobre os temperos. Starkey sugere algumas folhas de louro para dar um sabor especial. O papagaio Verdurinha sai de fininho. Aproveitando a distração do grupo, o roteirista consegue se desamarrar. Num salto triplo, agarra a câmera e desaparece rapidamente sob protestos, vaias e gritos de covarde.

O roteirista retruca ao longe: "Vocês enlouqueceram. Esse texto fugiu ao controle. You are crazy, men! Vocês acham que eu vou comprar briga com o diretor Roberto Marinho?"

O diretor Roberto Marinho, das alturas: "Faz bem, meu filho. Faz bem".

"A culpa por esta carnificina é daquele idiota do Senhor Gerente de Marketing à Procura de Novos Talentos Para Preencher o Vazio Cultural. Foi este imbecil que começou toda esta confusão!", lamenta-se o autor, enfurecido.

"Coloca o nome da faca, seu burro. Merchandising", geme a cabeça do Senhor Gerente de Marketing à Procura de Novos Talentos Para Preencher o Vazio Cultural.

O autor desfere uma violenta facada na cabeça do Senhor Gerente de Marketing à Procura de Novos Talentos Para Preencher o Vazio Cultural, alcança

Ulisses, de James Joyce na estante e reflete sobre a possibilidade de plagiar o monólogo de Molly Bloom para encerrar com chave de ouro o presente texto.

Seus olhos, vagando pelo vazio, deparam-se com o pedaço de cortiça pregado na parede e no pedaço de cortiça as contas de aluguel, luz, água, telefone e o bilhete da ex-mulher reclamando a pensão do filho.

O nome da faca elétrica dupla face é Rosebud.

Lero a zero

Atenção senhores pais: este texto é desaconselhável para quem nunca fumou um cubano.

— Algumas espécies vivas já codificaram geneticamente o programa da vida eterna. As amebas são imortais.

— Imortais e loucas. Quem quer a vida eterna neste inferno?

— Elas se alimentam de nós. Nós: eu, você, ele.

— Os heróis de desenho animado levam uma vida mais animada.

— Verdade trusca e constrita. Zé Colméia se diverte ultimamente interrompendo os discursos de Mister Pernalonga atirando cabeças de Babalu nas bochechas de Bob Pai. Ê vidão!

— Uau. Vamos acender outro?

— Come on, baby. Light my fire.

— Fumaçarola na cabeçorra deixa grogue de borracho. Esse deysi é pommada. Onde estavam as barbas de Netuno que estão aqui?

— Devagar brother, devagar. Não há saídas de emergência neste labirinto. E se Docktor Mino aparecer?

— Eu tenho uma idéia. Você vai por aqui.

— E você?

— Eu não existo.

— Já te disseram isso antes?

— O quê?

— Isso antes?

— Quando?

— Quando? Como quando?

— Ah, sim! Agora está muito claro. Apague a luz. Vamos acender mais um?

— Claro. As trevas medem o peso diametralmente inverso da velocidade da luz.

— Por que isso a essa hora? Você está querendo chocar a rapeize que está nos olhando?

— Rapeize?

— Sim, rapeize!

— Nunca ouvi falar.

— Porque você é de outro quem mesmo que acontece quando como não se responde por quê que?

— Porque.

— Ei, não é Virgílio dobrando aquela esquina ali no labirinto?

— Quem é Virgílio?

— Você não sabe?

— Não.

— Suspeito que ele tenha vivido alguns séculos depois de nós.

— O que você quer dizer com isso?

— Exatamente isso.

— Estamos mortos?

— Bem...

— Seja mais preciso.

— Não diria nem que não mas também não ponho a mão no fogo.

— Pelo sim?

— Pelo não.

— Ora, ora, vejam só. Nós que nos demos bem a beça até ontem depois daquele trago vamos começar a estranhar o medonho e medir tamanho com Papai Noé?

— Por que não? Falando nisso, encontrei Marcabru ontem em Circe.

— Como vai ele?

— Continua com aquele péssimo humor. Disse que se encontrasse a mãe dando sopa por aí, contrataria Jack o Estripador para fazer picadinho da velha.

— Grande figura, ele sabe amar a própria mãe melhor do que ninguém.

— Mas o melhor da festa ainda estava por vir. Fui para lado nenhum. Ele pro outro. Assim que permaneci no mesmo lugar onde sempre estive a tarde inteira, eis que topo de cara com aquela gostosa.

— Quem gostosa?

— Cléo.

— Tá brincando!

— No duro. Você a comeu ultimamente?

— Não.

— Meu, que peitinhos, que peitinhos. Docktor Hipócrates caprichou na plástica.

— E Marco Antonio?

— Dizem que desmunhecou.

— Porca la miséria. Este império ainda vai virar ruínas. Decadência, decadência. Oh, Himemmeu, Himemmeu.

— Corre a boca pequena que Cléo está dando pra todo mundo. Marco Antonio também.

— Pelos seios da Santíssima!

— Tirésias até andou fazendo profecias terríveis.

Disse que Cléo vai se apaixonar por Dédalus, um jovem poeta que chegará do século 20 pelo Túnel do Tempo.

— E o que existe de terrível nisso? Sorte desse tal de Dédalus que vai ter aquela tremenda buça a disposição.

— Só que Marco Antonio também vai ficar caidinho pelo mancebo.

— E daí? O império inteiro já não sabe que o imperador desmunhecou? Ferro na boneca, oras.

— Daí que Dédalus é filho de Cléo e Marco Antonio.

— Ué, ele não é filho de James Joyce?

— De criação.

— E como termina a profecia de Tirésias?

— Dédalus vai matar o próprio pai e comer a própria mãe.

— Uhn, que delícia.

— Só que nós nunca mais teremos Cléo na nossa cama. Ela vai se envenenar com uma das suas serpentes.

— Bem, resta Dédalus pra consolo.

— Que nada. Ele vai viver com a Esfinge em Viena.

— Já sei, vai virar psicanalista e viciado em cocaína.

— Como você sabe?

— Simples: não sou cego mas enxergo longe.

— Bem, você não acha melhor riscarmos um fósforo? Não agüento mais esta escuridão.

— Acho.

— O quê?

— Que está muito escuro.

— E quanto ao fósforo?

— Vamos acender outro?

— Ripa na xulipa.

— E se Mister Cypher aparecer? O que a gente vai dizer pra ele?

— Diga que são ordens da inspetoria.

— Grande idéia.

— Quem é Mister Cypher?

— Louis Cypher.

— Satanás?

— O próprio, em pessoa, no meio do redemunho.

— O que ele estaria fazendo por aqui?

— Péralá. Você não sabe onde estamos?

— Não faço a menor idéia.

— Virgílio, Louis Cypher, isso não te sugere nada?

— Nadinha.

— Catso, então é preciso encontrar alguém.

— Pra quê?

— Quero ir ao banheiro.

— E o que é que te impede?

— Se eu não sei onde estou e você não sabe onde está como é que eu vou saber onde fica o banheiro?

— Pergunta para a platéia.

— Pirou? A platéia está morta.

— Pergunte ao leitor, então.

— Será que alguém está lendo esta droga?

— Tente.

— Prezado leitor: para o bom andamento deste enredo, queira assinalar, por gentileza, a alternativa correta:

Onde fica o banheiro?:

a. no final do corredor

b. segunda porta à direita

c. vá se danar

d. no cu da mãe joana

e. não tem banheiro nessa joça

— Obrigado.

— Cara, essa lengalenga com esse leitor boçal me deixou entediado.

— Mais um?

— Pode acender.

— Tem um problema. Está acabando.

— Tiramos no par ou ímpar ou vamos os dois?

— O que você acha?

— Well.

— Tá combinado.

— Jaijejen jaijejum ipeona icnema, mejay idiue. Vjmaf?

— Não sei, não sei. Estou muito confuso. Tenho pensado: qual o sentido se não sentar não for preciso? Precisão ou perfeição? Perfeição ou procissão? Camões ou profissão?

— Depois dos 70 começo a pensar nisso. Por enquanto vou levando a vida.

— Sabedoria das sabedorias. Vamos andar um pouco sobre as ondas?

— Não estou com vontade.

— Que tal umas ressureiçõezinhas?

— Você está vendo Lázaro daí?

— Não. Maria Madalena.

— Ih, sujou.

— Rápido, acenda o incenso. Desodorante, desodorante.

— Não nos viu.

— Ufffff.

— Alguém precisa avisar aquele cara que o teatro acabou.

— Concordo.

— Que mania de ficar construindo e carregando cruzes.

— Outro dia entrei numa igreja o coitado estava lá, pregado. Olhei bem e percebi que ele estava chorando. Não agüentava mais ficar ali.

— Você deu uma mãozinha?

— Claro. With a little help from my friends.

— Como?

— Chamei o sacristão e disse que era desumanimaldade. Solte o cara, gritei! O sacristão me olhou com cara de pastel com caldo de cana. Demorou umas duas horas pra ele entender. Depois foi fácil.

— ???

— Saímos cantarrolando pelos sete bares da avenida na maior farra. Rapaz, o cara estava precisando. Ficou feliz como uma criança que ganha um pirulito psicodélico novo.

— E aí, e aí?

— Encontramos as Bacantes. Que festa! Depois de sete dias de farra resolvemos montar uma Brigada para Tirar Todos da Cruz.

— Ah, isso é teatro.

— É, do bom.

— Bem, e quem estava dirigindo a peça?

— O motorista, oras!

— E ele dirige bem?

— Muito bem, muito bem.

— Acho que vou bater uma punheta e dormir.

— Eu também.

THE END. PANO RÁPIDO.

A platéia inteira ressuscita e vaia a plenos pulmões. Um grupo da Juventude Católica começa a incendiar as cortinas e as cadeiras do teatro. Mulheres se masturbam no banheiro, excitadas com a libertinagem instaurada por Cléo no império. Críticos dos jornais concorrentes travam um duelo com suas canetas Mont Blanc. O cara da cruz aproveita a confusão e sai pelas portas dos fundos com Maria Madalena e as Bacantes. A polícia cultural invade o camarim.

— Estão todos presos.

— Qual a acusação?

— Falso testemunho artístico. Enredo medíocre. Adulteração dos fatos históricos.

— Impossível.

— Você pode ser enquadrado também por desacato ao senhor delegado da Polícia Cultural.

— Impossível.

— Que arrogância! Quem é você?

— O autor do texto.

— Está duplamente preso.

— Quem está preso é o senhor, delegado.

— Ah, ah, ah. Qual a acusação?

— Intromissão indevida onde não foi chamado.

— Interessante. E como é que você pretende me prender?

— O senhor já está preso.

— Como assim?

— Bem, antes de responder, o senhor poderia me dizer o seu nome?

— Dr. Nelson de Sá, delegado titular do 1º e Único DP de Polícia Cultural.

— Muito prazer. E adeus, senhor.

— Espere. Você está preso. Esqueceu?

— O senhor ainda não entendeu, não é? O senhor é quem está preso eternamente neste texto. Eu posso ir embora. O senhor não. Adeuzinho, sir.

— Ei, tire-me daqui.

15 MINUTOS

Atenção todos os terminais de segurança: Unabomber localizado próximo da matriz Máquina Peluda. É preciso bloquear todos os acessos antes que ele entre na órbita gravitacional. Alerta máximo. Repito: é preciso bloquear todos os acessos. Destruam os terminais dos garotos que estiverem atrapalhando o trânsito. Temos apenas 15 minutos. Repito: alerta máximo.

Raposa de ouro sob chuva de sal. O silêncio recairá sobre a necrópole. Asas de chumbo, corvo orbital, esferas negras com venenosos tentáculos caranguejeiros. Os totens virtuais sufocam seus próprios vasos linfáticos. Ninfas despem calcinhas laminadas, calcinam desejos embrutecidos pelo frio do bronze. O cemitério do futuro não pertence a nenhum

Deus inconsútil. Volátil o espaço; nada será edificado no féretro das ruínas desse silêncio. O bezerro pós-industrial agoniza como uma cobra sendo sufocada. Disparos, gemidos de ferro e simulacro, clones sangrando correntes elétricas sob o falso tapete persa do shopping sex. Um desespero a menos. O desespero do Unicórnio enlouquecido pela solidão asfáltica. O desespero do Unicórnio.

Atenção terminais periféricos: Unabomber usando mensagens em código. Descubram qual o padrão geracional. Inoculem vírus Rippley III nos endereços de todos os jornais, tevês e rádios. Nada deve vazar. Estabeleçam comunicação somente através das nossas infovias exclusivas. Unabomber avança rapidamente em direção à matriz Máquina Peluda. Segurança máxima. Repito: segurança máxima.

Simultaneidades, hiperpopulações, poluções hedonistas. Breve, muito em breve, os cérebros serão atingidos pela suprema consciência das simultaneidades. Nenhum pensamento fixo possível. A vertigem das imagens, estilhaços de frases, visões aterradoras derreterão neurônios, fedor de carne queimada. Haverá aqueles que arrancarão os olhos com as próprias unhas na esperança de cessar o fluxo de fragmentos — pobres ingênuos. A entrevista com Deus sabotada pelo Demo.

Unabomber decifrando códigos de segurança da matriz Máquina Peluda. Alterem programas de defesa. Circuito att@pytx.###bloms.wtt.us. danificado. Preparem cordão virótico de isolamento.

Supra lucidez, casa de espelhos infinitos: o dragão do Zahir observa seu próprio reflexo mil vezes refletido nas paredes de vidro, asas de libélula, torso de tigre, pontos luminosos nos dentes de sabre, pontos fulminantes no silêncio das trevas. Quando não sabe mais qual é o dragão verdadeiro entre os mil reflexos, o dragão enlouquece. Baforadas de fogo derreterão retinas incrédulas. A lucidez total faz fronteira com o lago escuro da loucura. Luz e sombra, medos repartidos. O engano de um homem pode ser o engano de toda a raça. Quando segurou a tocha de fogo pela primeira vez em suas mãos trêmulas, aquele animalesco homem da caverna não sabia que estava influenciando todo o futuro do planeta. Anos luz, anos trevas. Demônios rangem os dentes, espasmos musculares, os augúrios, sim, os augúrios serão lidos na carne dos que agonizam. Porque há os que se contentam com o símbolo. E há os que desejam o fogo, os que querem ir além do símbolo e atingir o ícone.

Alerta máximo, alerta máximo: Unabomber perigosamente próximo da órbita gravitacional da matriz Máquina Peluda. Código indecifrado. Temos ainda três minutos antes de ativar cordão virótico de isolamento. É preciso detê-lo, meu Deus.

O elefante sagrado de Java caminha sozinho para a morte.

— General, o Sr. Ministro na linha 7.

— Sinto muito, Sr. Ministro, nenhuma pista ainda. Não sabemos se Unabomber é uma única pessoa ou

— O senhor tem consciência do que vai acontecer se Unabomber atingir a matriz Máquina Peluda, não tem?

— Ele não atingirá, senhor.

— O senhor está certo disso?

— Se ele se aproximar, o cordão virótico será ativado.

— Isso também não significa uma vitória para Unabomber?

— Não teremos outra saída.
— A única saída é destruí-lo imediatamente.
— Estamos tentando, senhor.
— Isto é uma ordem. Destruam-no.
— Sim, senhor.

Coveiros do inelutável. O pó dos ossos dos cadáveres se levantará em nuvens no horizonte.

Cordão virótico de isolamento pronto para ser acionado.

Nada poderá deter os raios dos olhos do centauro.

Unabomber navegando por infovias secundárias. Descubram imediatamente padrão geracional. É uma ordem.

— Merda, como é possível que ninguém consiga detê-lo?

Os raios dos olhos do centauro.

Padrão geracional desconhecido. Cordão virótico de isolamento pronto para ser acionado.

Os raios dos olhos do centauro.

— Quanto tempo?
— 15 segundos.

Raios olhos centauro.
— Não há outra saída?
— Não, senhor.
— Quanto tempo?
— 7 segundos.

Acionem cordão virótico de isolamento.

Acionado.

— Senhor, não tivemos outra alternativa. Cordão virótico foi acionado.
— Quem é você? O que está dizendo?

Unabomber atravessou cordão virótico de isolamento.

— Não é possível. O que esse imbecil está fazendo?

Alerta máximo. Atenção todos os terminais de segurança: Unabomber atravessou cordão virótico de isolamento. Travem órbita gravitacional.

A raposa conhece o segredo do Unicórnio.

Unabomber em órbita gravitacional da matriz Máquina Peluda. Inexplicável. Sistemas de autodestruição ativados automaticamente. Terminais travados.

O olho do furacão, olhem no olho do furacão. A ponta do caco de vidro que corta a pupila. Olhem a ponta do caco de vidro.

Sistemas de autodestruição travados.

Tigre sentado sobre grão de poeira na ponta do caco de vidro.

Eliminem matriz Máquina Peluda. Repito: elit-yums 8jndkg)jrjrui +alkf9.

Flutuações de ocasos, camadas de éter nos estertores das civilizações. Todo labirinto é um deserto terrível. A morte lambe a pele com olores de cobre; em cada galeria, ossadas dos guardiões das pirâmides, magos desacreditados pela corrupção dos falsários. Nuvens de chumbo sobre as cidades necrosadas. Por que mataram os deuses? Por que aniquilaram os ritos? Grande Ciência!!! Por que não ouviram os lobos que uivaram até arrebentar suas gargantas? Do sangue jorrará a nova poesia.

Olho de gafanhoto no disparo da grande angular. Repito: a serpente Destruam j34.***.@.90uø¥.rnck Restou o veneno entrópico... É uma ordem A tortura não cederá ao veludo do lótus

— Senhor, Unabomber conseguiu.

— Desde o início eu sabia que ele conseguiria. Você também. Essa informação estava impressa no primeiro átomo que formou a sopa orgânica.

— Como?

— A era do gelo, estranhos animais habitando um planeta que sacoleja na órbita do vazio.

— Senhor

— O gênio não bastava, todos sabiam, Unabomber sabia. A maior revolução teve início quando os sábios silenciaram.

— Senhor, Unabomber entrou na matriz Máquina Peluda, está entendendo?

— Inevitável. A Máquina Peluda quis ser a geradora de uma nova vida mas não passou de uma vulgar tecelã da morte. Era apenas um jogo e todos nós tínhamos prazer em jogá-lo.

— Quem é o senhor?

— Deus Machine, o ilusionista.

— Alô. Quem está falando?

— Eu sou a sua própria consciência.

— Senhor, todos os terminais do planeta estão conectados com Unabomber nesse momento

— Ele sabe o que deve fazer.

— Mas

— Depois do excesso deve vir o silêncio.

— O senhor sabe o que

— Depois do prazer nenhuma palavra faz sentido.

— Não é

— Adeus.

Nus diante do espelho que se quebrou. Agora todos seremos mendigos, sultões, chefes de estado, moribundos, pajés, astronautas, faraós, primatas, cirurgiões, sacerdotes, homens, mulheres. Tudo no espaçotempo de uma vida. Supraconsciência. O cír-

culo de ilusão se rompeu. Os sacerdotes da Grande Ciência não decifraram o enigma. Pensam que estou conectado com todos os cérebros do planeta pelo fato de ter violado a matriz Máquina Peluda. Fiz mais que isso. Penetrei no ventre monstruoso da Grande Mãe e erigi uma nova mitologia. O veneno da ânfora foi sorvido até o fim.

This is the end, beautiful friend
This is the end, my only friend, the end
It hurts to set you free
But you'll never follow me
The end of laughter and soft lies
The end of nights we tried to die
This is the end

JIM MORRISON

Título	*A Máquina Peluda*
Produção	Atelê Editorial
Projeto Gráfico	Pnto & Linha
Capa	Moema Cavalcante
Composição	Ponto & Linha
Revisão de Provas	Ateliê Editorial
Formato	12 x 18 cm
Mancha	9 x 14 cm
Tipologia	Times 10/13.9
Papel	Pólen Rustic 85 g/m² (capa) Cartão supremo 250 g/m² (miolo)
Número de Páginas	176
Tiragem	1000
Laser Filme	Ponto & Linha
Impressão	Bartira